・魯迅經典集・

〔插圖本〕

阿Q正傳

魯迅　著

豐子愷　圖

方志野　主編

前言

《阿Q正傳》寫出辛亥革命並未給農村帶來真正的改革，並透過農村中貧苦僱農阿Q的藝術形象，影射出人性的劣根，如卑怯、精神勝利法、善於投機、誇大狂與自尊癖等。

- 阿Q——小說主角，社會中的小人物，非常貧窮，文化水準低，沒有教養，但自尊心很重。每次遭遇到不幸的事，都會找些似是而非的理由為自己安慰。小說中寫明「Q」為「quei」（拼音：guì；注音：

念「桂」）之縮寫，不過如今大多數人已經習慣按英語字母Q的發音來唸。

- 趙太爺——鄉紳，阿Q的「米飯班主」，對阿Q甚為苛刻。
- 吳媽——趙太爺家女工，阿Q曾對她出言不遜。
- 小D——亦為底層人物，幫傭為生，曾與阿Q打架。D為Don之縮寫，魯迅表示小D應讀做「小同」，並認為他「長大後也是另一個阿Q」。

阿Q這一形象有其複雜的性格，但人物的內心世界並不複雜。在欺壓時期用「精神勝利法」來使自己獲得感情上的平衡，精神沒有執著的追求；相反，玩世不恭的態度反映了流氓無產者的信念喪失。魯迅「哀其不幸，怒其不爭」，當年編者曾放在「開心話」專欄內，其實飽含著沉痛、哀傷，有心人讀來並不認為開心。

前言

一九三七年三月，毛澤東在延安和美國作家史沫特萊說起《阿Q正傳》，評價到中國國內有一部分人是帶著阿Q精神，在任何時候都認為自己是勝利的，別人則是失敗的。並在一九五五年十月，七屆六中全會上談不要當「假洋鬼子」，不准別人從事革命。

任繼愈認為研究評論《阿Q正傳》的文章很多，也有寫得相當好的，他們從文學方面著眼的多，抓住中國農民的本質來深入剖析的文章卻是少見。許多人看不到這一點，嘲笑阿Q的某些缺點、毛病，其實這些毛病人人都有，是中華傳統文化長期帶來的胎記。錢理群認為魯迅直到臨死前，還為「《阿Q正傳》的本意……能了解者不多」而感到「隔膜」，其主要方面就是魯迅對「阿Q似的革命」的思考不為人們所了解。魯迅的感慨「《阿Q正傳》的本意，我留心各種評論，覺得能了解者不多。搬上銀幕以後，大約也未免隔膜，供人

一笑，頗亦無聊，不如不作也。」

魯迅曾說過，阿Q的身上也有革命的意識，但研究者對此探討不多。汪暉指出「阿Q有幾次要覺醒的意思。這裡說的覺醒不是成為革命者的覺醒，而是對於自己的處境的本能的貼近。……阿Q的革命動力，隱伏在他的本能和潛意識裡。」

該小說被翻譯成各種語言。法國文豪羅曼．羅蘭認為；「這部諷刺寫實作品是世界性的，法國大革命時也有過阿Q，我永遠忘不了阿Q那副苦惱的面孔。」

目錄

第一章 序

我要給阿Q做正傳，已經不止一兩年了。但一面要做，一面又往回想。這足見我不是一個「立言」的人，因為從來不朽之筆，須傳不朽之人，於是人以文傳，文以人傳——究竟誰靠誰傳，漸漸的不甚了然起來，而終於歸結到傳阿Q，彷彿思想裡有鬼似的。

然而要做這一篇速朽的文章，才下筆，便感到萬分的困難了。第一是文章的名目。孔子曰：「名不正則言不順。」這原是應該極注意的。傳的名目很繁多：列傳、自傳、內

阿Q的影像，在我心目中似乎確已有了好幾年，但我一向毫無寫出來的意思。經這一提，忽然想起來了，晚上便寫了一點，就是第一章：序。因為要切「開心話」這題目，就胡亂加上些不必有的滑稽，其實在全篇裡也是不相稱的。署名是「巴人」，取「下里巴人」，並不高雅的意思。

——《阿Q正傳的成因》

傳、外傳、別傳、家傳、小傳……而可惜都不合。「列傳」麼？這一篇並非和許多闊人排在「正史」裡；「自傳」麼？我又並非就是阿Q。說是「外傳」，「內傳」在哪裡呢？倘用「內傳」，阿Q又絕不是神仙。「別傳」呢？阿Q實在未曾有大總統上諭宣付國史館立「本傳」——雖說英國正史上並無「博徒列傳」，而文豪迭更司也做過《博徒別傳》這一部書，但文豪則可，在我輩卻不可的。其次是「家傳」，則我既不知與阿Q是否同宗，也未曾受他子孫的拜託；或「小傳」，則阿Q又更無別的「大傳」了。

總而言之，這一篇也便是「本傳」，但從我的文章著想，因為文體卑下，是「引車賣漿者流」所用的話，所以不敢僭稱，便從不入三教九流的小說家所謂「閒話休題言歸正傳」這一句套話裡，取出「正傳」兩個字來，作為名目，即使與古人所撰《書法正傳》的「正傳」字面上很相混，也顧不得

昔日道士寫仙人的事多以（內傳）題名。
——對日譯本《阿Q正傳》的校釋

林琴南曾譯柯南·道爾小說，取名《博徒別傳》，這裡是諷刺此事。寫為迭更司（狄更斯），系作者之錯。
——對日譯本《阿Q正傳》的校釋

了。

第二，立傳的通例，開首大抵該是「某，字某，某地人也。」而我並不知道阿Q姓什麼。有一回，他似乎是姓趙，但第二日便模糊了。那是趙太爺的兒子進了秀才的時候，鑼聲鏜鏜的報到村裡來，阿Q正喝了兩碗黃酒，便手舞足蹈的說，這於他也很光彩，因為他和趙太爺原來是本家，細細的排起來他還比秀才長三輩呢！其時幾個旁聽人倒也肅然的有些起敬了。哪知道第二天，地保便叫阿Q到趙太爺家裡去。太爺一見，滿臉濺朱，喝道：

「阿Q，你這渾小子！你說我是你的本家麼？」

阿Q不開口。

趙太爺愈看愈生氣了，搶進幾步說：「你敢胡說！我怎麼會有你這樣的本家？你姓趙麼？」

阿Q不開口，想往後退了。趙太爺跳過去，給了他一個

人名也一樣，古今文壇消息家，往往以為有些小說的根本是在報私仇，所以一定要穿鑿書上的誰，就是實際上的誰。為免除這些才子學者們的白費心思，另生枝節起見，我就用「錢太爺」，是《百家姓》上最初的兩個字；至於阿Q的姓呢？誰也不十分了然，但是，那時還是發生了謠言。還有排行，因為我是長男，下有兩個兄弟，為預防謠言家的毒舌起見，我作品中的角色，是沒有一個不是老大，或老四，老五的。

上面所說那樣的苦心，並非我怕得罪人，目的是在消滅無聊的副作

嘴巴。

「你怎麼會姓趙——你哪裡配姓趙！」

阿Q並沒有抗辯他確鑿姓趙，只用手摸著左頰，和地保退出去了；外面又被地保訓斥了一番，謝了地保二百文酒錢。知道的人都說阿Q太荒唐，自己去招打；他大約未必姓趙，即使真姓趙，有趙太爺在這裡，也不該如此胡說的。此後便再沒有人提起他的氏族來，所以我終於不知道阿Q究竟什麼姓。

第三，我又不知道阿Q的名字是怎麼寫的。他活著的時候人都叫他阿Quei，死了以後便沒有一個人再叫阿Quei了，哪裡還會有「著之竹帛」的事。若論「著之竹帛」，這篇文章要算第一次，所以先遇著了這第一個難關。我曾經仔細想：阿Quei，阿桂還是阿貴呢？倘使他號叫月亭，或者在八月間做過生日，那一定是阿桂了。而他既沒有號——也許

用，使作品的力量較能集中，發揮得更強烈。果戈里作《巡按使》，使演員直接對看客道：「你們笑自己！」（奇怪的是中國的譯本，卻將這極要緊的一句刪去了。）我的方法是在使讀者摸不著在寫自己以外的誰，一下子最推諉掉，變成旁觀者，而疑心到像是寫自己，又像是寫一切人，由此開出反省的道路。

——《且介亭雜文．答（戲）周刊編者信》

「你怎麼
會姓趙——
你那里
配姓趙？」

第一章　序

有號，只是沒有人知道他——又未嘗散過生日徵文的帖子：寫作阿桂，是武斷的。又倘若他有一位老兄或令弟叫阿富，那一定是阿貴了；而他又只是一個人：寫作阿貴，也沒有佐證的。其餘音阿 Quei 的偏僻字樣，更加湊不上了。先前，我也曾問過趙太爺的兒子茂才先生，誰料博雅如此公，竟也茫然。

但據結論說，是因為陳獨秀辦了《新青年》提倡洋字，所以國粹淪亡，無可查考了。我的最後的手段，只有託一個同鄉去查阿Q犯事的案卷。八個月之後才有回信，說案卷裡並無與阿 Quei 的聲音相近的人。我雖不知道是真沒有，還是沒有查，然而也再沒有別的方法了。生怕注音字母還未通行，只好用了「洋字」，照英國流行的拼法寫他為阿 Quei，略作阿Q。這近於盲從《新青年》，自己也很抱歉。但茂才公尚且不知，我還有什麼好辦法呢！

（又未嘗散過生日征文的帖子）此系中國的所謂名人常幹的勾當，其實是斂錢（賀禮）的手段。
——對日譯本《阿Q正傳》的校釋

茂才即為秀才
——對日譯本《阿Q正傳》的校釋

主張使用羅馬字母的是錢玄同，說為陳獨秀，系茂才公之錯。
——對日譯本《阿Q正傳》的校釋

第四，是阿Q的籍貫了。倘他姓趙，那據現在好稱郡望的老例，可以照《郡名百家姓》上的注解，說是「隴西天水人也」。但可惜這姓是不甚可靠的，因此籍貫也就有些決不定。他雖然多住未莊，然而也常常宿在別處，不能說是未莊人，即使說是「未莊人也」，也仍然有乖史法的。

我所聊以自慰的，是還有一個「阿」字非常正確，絕無附會假借的缺點，頗可以就正於通人。至於其餘，卻都非淺學所能穿鑿，只希望有「歷史癖與考據癖」的胡適之先生的門人們，將來或者能夠尋出許多新端緒來，但是我這《阿Q正傳》到那時卻又怕早經消滅了。

以上可以算是序。

未莊在那裡？《阿Q》的編者已經決定，在紹興。我是紹興人，所寫的背景又是紹興的居多，對於這決定，大概是誰都同意的。但是，我的一切小說中，指明著某處的卻少得很。中國人幾乎都是愛故鄉，奚落別處的大英雄，阿Q很有這脾氣。那時我想，假如寫一篇暴露小說，指定事情是出在某處的罷，那麼，某處人恨得不共載天，非某處人卻無異隔岸觀火，彼此都不反省，一班人咬牙切齒，一班人卻飄飄然，不但作品的意義和作用完全失掉了，還要由此生出無聊的枝節來，大家爭一通閒氣《閒話揚州》是最近的例子。

——《且介亭雜文．答〈戲〉周刊編者信》

第二章　優勝記略

阿Q不獨是姓名籍貫有些渺茫，連他先前的「行狀（事績）」也渺茫。因為未莊的人們之於阿Q，只要他幫忙，只拿他玩笑，從來沒有留心他的「行狀」的。而阿Q自己也不說，獨有和別人口角的時候，間或瞪著眼睛道：

「我們先前——比你闊得多啦！你算是什麼東西！」

阿Q沒有家，住在未莊的土穀祠（土地公廟）裡；也沒有固定的職業，只給人家做短工，割麥便割麥，舂米便舂米，撐船便撐船。工作略長久時，他也或住在臨時主人的家裡，

但一完就走了。所以，人們忙碌的時候，也還記起阿Q來，然而記起的是做工，並不是「行狀」；一閒空，連阿Q都早忘卻，更不必說「行狀」了。只是有一回，有一個老頭子頌揚說：「阿Q真能做！」這時阿Q赤著膊，懶洋洋的瘦伶仃的正在他面前，別人也摸不著這話是真心還是譏笑，然而阿Q很喜歡。

阿Q又很自尊，所有未莊的居民，全不在他眼睛裡，甚而至於對於兩位「文童」也有以為不值一笑的神情。夫文童者，將來恐怕要變秀才者也；趙太爺錢太爺大受居民的尊敬，除有錢之外，就因為都是文童的爹爹。而阿Q在精神上獨不表格外的崇奉，他想：我的兒子會闊得多啦！加以進了幾回城，阿Q自然更自負。然而他又很鄙薄城裡人，譬如用三尺長三寸寬的木板做成的凳子，未莊叫「長凳」，他也叫「長凳」，城裡人卻叫「條凳」，他想：這是錯的，可笑！

「阿Q真能做」，即「真是拼命幹活」之意。——對日譯本《阿Q正傳》的校釋

第二章　優勝記略

油煎大頭魚，宋莊都加上半寸長的葱葉，城裡卻加上切細的葱絲，他想：這也是錯的，可笑！然而未莊人真是不見世面的可笑的鄉下人呵，他們沒有見過城裡的煎魚！

阿Q「先前闊」，見識高，而且「真能做」，本來幾乎是一個「完人」了，但可惜他體質上還有一些缺點。最惱人的是在他頭皮上，頗有幾處不知起於何時的癩瘡疤。這雖然也在他身上，而看阿Q的意思，倒也似乎以為不足貴的，因為他諱說「癩」，以及一切近於「賴」的音，後來推而廣之，「光」也諱，「亮」也諱，再後來，連「燈」「燭」都諱了。一犯諱，不問有心與無心，阿Q便全疤通紅的發起怒來，估量了對手，口訥的他便罵，氣力小的他便打；然而不知怎麼一回事，總還是阿Q吃虧的時候多。於是他漸漸的變換了方針，大抵改為怒目而視了。

誰知道阿Q採用怒目主義之後，未莊的閒人們便愈喜歡

癩瘡疤，即因疥癬而變禿處的痕跡。
——對日譯本《阿Q正傳》的校釋

「噲，亮起来了。」

阿Q在形式上打敗了、

玩笑他。一見面，他們便假作吃驚的說：

「嗡！亮起來了。」

阿Q照例的發了怒，他怒目而視了。

「原來有保險燈在這裡！」他們並不怕。

阿Q沒有法，只得另外想出報復的話來：

「你還不配……」這時候，又彷彿在他頭上的是一種高尚的光榮的癩頭瘡，並非平常的癩頭瘡了；但上文說過，阿Q是有見識的，他立刻知道和「犯忌」有點抵觸，便不再往底下說。

閒人還不完，只撩他，於是終而至於打。阿Q在形式上打敗了，被人揪住黃辮子，在壁上碰了四五個響頭，閒人這才心滿意足的得勝的走了。阿Q站了一刻，心裡想：「我總算被兒子打了，現在的世界真不像樣……」於是也心滿意足的得勝的走了。

（黃辮子）系指因營養不不良，連頭髮也變成黃色者。

——對日譯本《阿Q正傳》的校釋

阿Q想在心裡的，後來每每說出口來，所以凡有和阿Q玩笑的人們，幾乎全知道他有這一種精神上的勝利法，此後每逢揪住他黃辮子的時候，人就先一著對他說：

「阿Q，這不是兒子打老子，是人打畜生。自己說，人打畜生！」

阿Q兩隻手都捏住了自己的辮根，歪著頭，說道：

「打蟲豸，好不好？我是蟲豸——還不放麼？」

但雖然是蟲豸，閒人也並不放，仍舊在就近什麼地方給他碰了五六個響頭，這才心滿意足的得勝的走了。他以為阿Q這回可遭了瘟。然而不到十秒鐘，阿Q也心滿意足的得勝的走了，他覺得他是第一個能夠自輕自賤的人，除了「自輕自賤」不算外，餘下的就是「第一個」。狀元不也是「第一個」麼？「你算是什麼東西」呢?!

阿Q以如是等等妙法克服怨敵之後，便愉快的跑到酒店

翰林的第一個是狀元。

——對日譯本《阿Q正傳》的校釋

裡喝幾碗酒，又和別人調笑一通，口角一通，又得了勝，愉快的回到土穀祠，放倒頭睡著了。假使有錢，他便去押牌寶。一堆人蹲在地面上，阿Q即汗流滿面的夾在這中間，聲音他最響：

「青龍四百！」

「咳～～～開～～～～啦！」莊家揭開盒子蓋，也是汗流滿面的唱：「天門啦～～～角回啦～～～～人和穿堂空在那裡啦～～～阿Q的銅錢拿過來～～～～」

「穿堂一百——一百五十！」

阿Q的錢便在這樣的歌吟之下，漸漸的輸入別個汗流滿面的人物的腰間。他終於只好擠出堆外，站在後面看，替別人著急，一直到散場，然後戀戀的回到土穀祠，第二天，腫著眼睛去工作。

但真所謂「塞翁失馬安知非福」罷，阿Q不幸而贏了一

角　右、白虎（即人）
天門
穿堂
莊家
角　左、青龍（即地）

把賭注壓在角和穿堂的人，則與兩側的勝負相同，如兩側為一勝一負，則角和穿堂無勝負。

——對日譯本《阿Q正傳》的校釋

「阿Q的銅錢拿過來！～～～」

回，他倒幾乎失敗了。

這是未莊賽神的晚上。這晚上照例有一台戲，戲台左近也照例有許多的賭攤。做戲的鑼鼓，在阿Q耳朵裡彷彿在十里之外；他只聽得莊家的歌唱了。他贏而又贏，銅錢變成角洋，角洋變成大洋，大洋又成了疊。他興高采烈得非常：

「天門兩塊！」

他不知道誰和誰為什麼打起架來了。罵聲打聲腳步聲，昏頭昏腦的一大陣，他才爬起來，賭攤不見了，人們也不見了，身上有幾處很似乎有些痛，似乎也挨了幾拳幾腳似的，幾個人詫異的對他看。他如有所失的走進土穀祠，定一定神，知道他的一堆洋錢不見了。趕賽會的賭攤多不是本村人，還到哪裡去尋根柢呢？

很白很亮的一堆洋錢！而且是他的——現在不見了！說是算被兒子拿去了罷，總還是忽忽不樂；說自己是蟲豸罷，

（不知道誰和誰為什麼打起架來）這是賭場的庄家常幹的勾當。假如村民贏了，他們的一伙就來找碴鬥毆，或者冒充官員抓賭，打人搶錢。

——對日譯本《阿Q正傳》的校釋

昏頭昏腦
的一大陣，
他才爬起来，

用力的在自己臉上連打
兩个嘴巴，

也還是忽忽不樂：他這回才有些感到失敗的苦痛了。

但他立刻轉敗為勝了。他擎起右手，用力的在自己臉上連打了兩個嘴巴，熱剌剌的有些痛；打完之後，便心平氣和起來，似乎打的是自己，被打的是別一個自己，不久也就彷彿是自己打了別個一般——雖然還有些熱剌剌——心滿意足的得勝的躺下了。

他睡著了。

第三章　續優勝記略

然而阿Q雖然常優勝，卻直待蒙趙太爺打他嘴巴之後，這才出了名。

他付過地保二百文酒錢，憤憤的躺下了，後來想：「現在的世界太不成話，兒子打老子……」於是忽而想到趙太爺的威風，而現在是他的兒子了，便自己也漸漸的得意起來，爬起身，唱著《小孤孀上墳》到酒店去。這時候，他又覺得趙太爺高人一等了。

說也奇怪，從此之後，果然大家也彷彿格外尊敬他。這

在阿Q，或者以為因為他是趙太爺的父親，而其實也不然。未莊通例，倘如阿七打阿八，或者李四打張三，向來本不算件事，必須與一位名人如趙太爺者相關，這才載上他們的口碑。一上口碑，則打的既有名，被打的也就托態有了名。至於錯在阿Q，那自然是不必說。所以者何？就因為趙太爺是不會錯的。但他既然錯，為什麼大家又彷彿格外尊敬他呢？這可難解！穿鑿起來說，或者因為阿Q說是趙太爺的本家，雖然挨了打，大家也還怕有些真，總不如尊敬一些穩當。否則，也如孔廟裡的太牢一般，雖然與豬羊一樣，同是畜生，但既經聖人下箸，先儒們便不敢妄動了。

阿Q此後倒得意了許多年。

有一年的春天，他醉醺醺的在街上走，在牆根的日光下，看見王胡在那裡赤著膊捉虱子，他忽然覺得身上也癢起來了。這王胡又癩又胡，別人都叫他王癩胡，阿Q卻刪去了

他忽然觉得身上也癢起来了。

一個癩字，然而非常藐視他。阿Q的意思，以為癩是不足為奇的，只有這一部落腮鬍子，實在太新奇，令人看不上眼。他於是並排坐下去了。倘是別的閒人們，阿Q本不敢大意坐下去。但這王胡旁邊，他有什麼怕呢？老實說：他肯坐下去，簡直還是抬舉他。

阿Q也脫下破夾襖來，翻檢了一回。不知道因為新洗呢還是因為粗心，許多工夫，只捉到三四個。他看那王胡，卻是一個又一個，兩個又三個，只放在嘴裡畢畢剝剝的響。

阿Q最初是失望，後來卻不平了：看不上眼的王胡尚且那麼多，自己倒反這樣少，這是怎樣的大失體統的事呵！他很想尋一兩個大的，然而竟沒有，好容易才捉到一個中的，恨恨的塞在厚嘴唇裡，狠命一咬，劈的一聲，又不及王胡響。

他癩瘡疤塊塊通紅了，將衣服摔在地上，吐一口唾沫，說：

「這毛蟲！」

「癩皮狗，你罵誰？」王胡輕蔑的抬起眼來說。

阿Q近來雖然比較的受人尊敬，自己也更高傲些，但和那些打慣的閒人們見面還膽怯，獨有這回卻非常武勇了。這樣滿臉鬍子的東西，也敢出言無狀麼？

「誰認便罵誰！」他站起來，兩手扠在腰間說。

「你的骨頭癢了麼？」王胡也站起來，披上衣服說。

阿Q以為他要逃了，搶進去就是一拳。這拳頭還未達到身上，已經被他抓住了，只一拉，阿Q蹌蹌踉踉的跌進去，立刻又被王胡扭住了辮子，要拉到牆上照例去碰頭。

「君子動口不動手！」阿Q歪著頭說。

王胡似乎不是君子，並不理會，一連給他碰了五下，又用力的一推，至於阿Q跌出六尺多遠，這才滿足的去了。

在阿Q的記憶上，這大約要算是生平第一件屈辱，因為

「這毛蟲！」
「癩皮狗。你罵誰？」

第三章　續優勝記略

王胡以落腮鬍子的缺點，向來只被他奚落，從沒有奚落他，更不必說動手了。而他現在竟動手，很意外。難道真如市上所說，皇帝已經停了考，不要秀才和舉人了，因此趙家滅了威風，因此他們也便小覷了他麼？

阿Q無可適從的站著。

遠遠的走來了一個人，他的對頭又到了。這也是阿Q最厭惡的一個人，就是錢太爺的大兒子。他先前跑上城裡去進洋學堂，不知怎麼又跑到東洋去了，半年之後他回到家裡來，腿也直了，辮子也不見了，他的母親大哭了十幾場，他的老婆跳了三回井。後來，他的母親到處說：「這辮子是被壞人灌醉了酒剪去的。本來可以做大官，現在只好等留長再說了。」然而阿Q不肯信，偏稱他「假洋鬼子」，也叫做「裡通外國的人」，一見他，一定在肚子裡暗暗的咒罵。

阿Q尤其「深惡而痛絕之」的，是他的一條假辮子。辮

「腿也直了」，是因為學洋人走路的姿式，和（風采）堂堂稍有不同。
——對日譯本《阿Q正傳》的校釋

「君子動口不動手！」

子而至於假，就是沒有了做人的資格；他的老婆不跳第四回井，也不是好女人。

這「假洋鬼子」靠近了。

「禿兒！驢……」阿Q歷來本只在肚子裡罵，沒有出過聲，這回因為正氣忿，因為要報仇，便不由得輕輕的說出來了。

不料這禿兒卻拿著一支黃漆的棍子——就是阿Q所謂哭喪棒——大踏步走了過來。阿Q在這剎那，便知道大約要打了，趕緊抽緊筋骨，聳了肩膀等候著。果然，啪的聲，似乎確鑿打在自己頭上了。

「我說他！」阿Q指著近旁的一個孩子分辯說。

啪！啪啪！

在阿Q的記憶上，這大約要算是生平第二件的屈辱。幸而啪啪的響了之後，於他倒似乎完結了一件事，反而覺得輕

「禿兒。驢……」

第三章　續優勝記略

鬆些，而且「忘卻」這一件祖傳的寶貝也發生了效力，他慢慢的走，將到酒店門口，早已有些高興了。

但對面走來了靜修庵裡的小尼姑。阿Q便在平時，看見伊也一定要唾罵，而況在屈辱之後呢？他於是發生了回憶，又發生了敵愾了。

「我不知道我今天為什麼這樣晦氣，原來就因為見了你！」他想。

他迎上去，大聲的吐一口唾沫：

「咳，呸！」

小尼姑全不睬，低了頭只是走。阿Q走近伊身旁，突然伸出手去摩著伊新剃的頭皮，呆笑著，說：

「禿兒！快回去，和尚等著你……」

「你怎麼動手動腳……」尼姑滿臉通紅的說，一面趕快走。

（今天為什麼這樣晦氣）迷信，據說見到尼姑，便晦氣一日。

——對日譯本《阿Q正傳》的校釋

等到〈阿Q正傳〉第三章「優勝記略」在「晨報副鐫」發表之後，我又遇到魯迅先生了。

他又和我談起那天談過的「攎」字，還是說

第三章　續優勝記略

酒店裡的人大笑了。阿Q看見自己的勳業得了賞識，便愈加興高采烈起來：

「和尚動得，我動不得？」他扭住伊的面頰。

酒店裡的人大笑了。

阿Q更得意，而且為滿足那些賞鑒家起見，再用力的一擰，才放手。

他這一戰，早忘卻了王胡，也忘卻了假洋鬼子，似乎對於今天的一切「晦氣」都報了仇；而且奇怪，又彷彿全身比啪啪的響了之後更輕鬆，飄飄然的似乎要飛去了。

「這斷子絕孫的阿Q！」遠遠地聽得小尼姑的帶哭的聲音。

「哈哈哈！」阿Q十分得意的笑。

「哈哈哈！」酒店裡的人也九分得意的笑。

「攎」字「實在好」並且告訴我，當他寫到「靜修庵的小尼姑低了頭走過來時，阿Q走近伊身旁，突然伸出手來摩著伊新剃的頭皮的「摩」字，原來想用「攎」字的。

「為什麼後來不用了呢？」我問。

魯迅先生說：「因為太土氣，也太冷僻，恐怕許多人不懂。很可惜。」

——川島《當魯迅先生寫〈阿Q正傳〉的時候》

羣賢畢至
「和尚動得
我動不得？」

舉賢畢至
「這斷子絕孫的阿Q！」

第四章　戀愛的悲劇

有人說：有些勝利者，願意敵手如虎，如鷹，他才感得勝利的歡喜；假使如羊，如小雞，他便反覺得勝利的無聊。又有些勝利者，當克服一切之後，看見死的死了，降的降了，「臣誠惶誠恐死罪死罪」，他於是沒有了二〇二敵人，沒有了對手，沒有了朋友，只有自己在上，一個，孤零零，凄涼，寂寞，便反而感到了勝利的悲哀。然而我們的阿Q卻沒有這樣乏，他是永遠得意的：這或者也是中國精神文明冠於全球的一個證據了。

看哪，他飄飄然的似乎要飛去了！

然而這一次的勝利，卻又使他有些異樣。他飄飄然的飛了大半天，飄進土穀祠，照例應該躺下便打鼾。誰知道這一晚，他很不容易合眼。他覺得自己的大拇指和第二指有點古怪：彷彿比平常滑膩些。不知道是小尼姑的臉上有一點滑膩的東西黏在他指上，還是他的指頭在小尼姑臉上磨得滑膩了？……

「斷子絕孫的阿Q！」

阿Q的耳朵裡又聽到這句話。他想不錯，應該有一個女人，斷子絕孫便沒有人供一碗飯……應該有一個女人。夫「不孝有三無後為大」，而「若敖之鬼餒而」，也是一件人生的大哀，所以他那思想，其實是樣樣合於聖經賢傳的，只可惜後來有些「不能收其放心」了。

「女人，女人……」他想。

他覺得自己的
大拇指和第二指有點古怪

「……和尚動得……女人，女人……女人！」他又想。

我們不能知道這晚上阿Q在什麼時候才打鼾。但大約他從此總覺得指頭有些滑膩，所以他從此總有些飄飄然。「女……」他想。

即此一端，我們便可以知道女人是害人的東西。

中國的男人，本來大半都可以做聖賢，可惜全被女人毀掉了。商是妲己鬧亡的；周是褒姒弄壞的；秦……雖然史無明文，我們也假定他因為女人，大約未必十分錯；而董卓可是的確給貂蟬害死了。

阿Q本來也是正人，我們雖然不知道他曾蒙什麼明師指授過，但他對於「男女之大防」卻歷來非常嚴；也很有排斥異端——如小尼姑及假洋鬼子之類——的正氣。他的學說是：凡尼姑，一定與和尚私通；一個女人在外面走，一定想引誘野男人；一男一女在那裡講話，一定要有勾當了。為懲

治他們起見，所以他往往怒目而視，或者大聲說幾句「誅心」話，或者在冷僻處，便從後面擲一塊小石頭。

誰知道他將到「而立」之年，竟被小尼姑害得飄飄然了。這飄飄然的精神，在禮教上是不應該有的——所以女人真可惡！假使小尼姑的臉上不滑膩，阿Q便不至於被蠱，又假使小尼姑的臉上蓋一層布，阿Q便也不至於被蠱了——他五六年前，曾在戲台下的人叢中，擰過一個女人的大腿，但因為隔一層褲，所以此後並不飄飄然——而小尼姑並不然，這也足見異端之可惡。

「女……」阿Q想。

他對於以為「一定想引誘野男人」的女人，時常留心看，然而伊並不對他笑。他對於和他講話的女人，也時常留心聽，然而伊又並不提起關於什麼勾當的話來。哦！這也是女人可惡之一節；伊們全都要裝「假正經」的。

這一天，阿Q在趙太爺家裡舂了一天米，吃過晚飯，便坐在廚房裡吸旱煙。倘在別家，吃過晚飯本可以回去的，但趙府上晚飯早，雖說定例不准掌燈，一吃完便睡覺，然而偶然也有一些例外：其一，是趙大爺未進秀才的時候，准其點燈讀文章；其二，便是阿Q來做短工的時候，准其點燈舂米。因為這一條例外，所以阿Q在動手舂米之前，還坐在廚房裡吸旱煙。

吳媽，是趙太爺家裡唯一的女僕，洗完了碗碟，也就在長凳上坐下了，而且和阿Q談閒天：

「太太兩天沒有吃飯哩！因為老爺要買一個小的……」

「女人……吳媽……這小孤孀……」阿Q想。

「我們的少奶奶是八月裡要生孩子了……」

「女人……」阿Q想。

阿Q放下煙管，站了起來。

喫過晚飯，便坐在
廚房裏吸旱煙，

「我們的少奶奶……」吳媽還嘮叨說。

「我和你睏覺，我和你睏覺！」阿Q忽然搶上去，對伊跪下了。

一剎時中很寂然。「阿呀！」吳媽楞了一息，突然發抖，大叫著往外跑，且跑且嚷，似乎後來帶哭了。

阿Q對了牆壁跪著也發楞，於是兩手扶著空板凳，慢慢的站起來，彷彿覺得有些糟。他這時確也有些忐忑了，慌張的將煙管插在褲帶上，就想去舂米。蓬的一聲，頭上著了很粗的一下。他急忙回轉身去，那秀才便拿了一支大竹槓站在他面前。「你反了……你這……」

大竹槓又向他劈下來了。阿Q兩手去抱頭，啪的正打在指節上，這可很有一些痛。他衝出廚房門，彷彿背上又著了一下似的。

「忘八蛋！」秀才在後面用了官話這樣罵。

一剎時中很寂然、

彷彿背上又着了一下似的

阿Q奔入舂米場，一個人站著，還覺得指頭痛，還記得「忘八蛋」，因為這話是未莊的鄉下人從來不用，專是見過官府的闊人用的，所以格外怕，而印象也格外深。但這時，他那「女……」的思想卻也沒有了。而且打罵之後，似乎一件事也已經收束，倒反覺得一無罣礙似的，便動手去舂米。舂了一會，他熱起來了，又歇了手脫衣服。

脫下衣服的時候，他聽得外面很熱鬧。阿Q生平本來最愛看熱鬧，便即尋聲走出去了。尋聲漸漸的尋到趙太爺的內院裡，雖然在昏黃中，卻辨得出許多人，趙府家連兩日不吃飯的太太也在內，還有間壁的鄒七嫂，真正本家的趙白眼、趙司晨。

少奶奶正拖著吳媽走出下房來，一面說：

「你到外面來……不要躲在自己房裡想……」

「誰不知道你正經……短見是萬萬尋不得的。」鄒七

嫂也從旁說。

吳媽只是哭，夾些話，卻不甚聽得分明。

阿Q想：「哼，有趣！這小孤孀不知道鬧著什麼玩意兒了？」他想打聽，走近趙司晨的身邊。這時他猛然間看見趙大爺向他奔來，而且手裡捏著一支大竹槓。他看見這一支大竹槓，便猛然間悟到自己曾經被打，和這一場熱鬧似乎有點相關。他翻身便走，想逃回舂米場，不圖這支竹槓阻了他的去路，於是他又翻身便走，自然而然的走出後門，不多工夫，已在土穀祠內了。

阿Q坐了一會，皮膚有些起粟，他覺得冷了，因為雖在春季，而夜間頗有餘寒，尚不宜於赤膊。他也記得布衫留在趙家，但倘若去取，又深怕秀才的竹槓。然而地保進來了。

「阿Q，你的媽媽的！你連趙家的傭人都調戲起來，簡直是造反。害得我晚上沒有覺睡，你的媽媽的……」

「哼，有趣，這小孤孀不知
鬧着甚麼玩意兒了？」
王
TK

「阿Q！你的媽媽的！」

如是云云的教訓了一通，阿Q自然沒有話。臨末，因為在晚上，應該送地保加倍酒錢四百文，阿Q正沒有現錢，便用一頂氈帽做抵押，並且訂定了五條件：

一、明天用紅燭——要一斤重的——一對，香一封，到趙府上去賠罪。

二、趙府上請道士祓除縊鬼，費用由阿Q負擔。

三、阿Q從此不准踏進趙府的門檻。

四、吳媽此後倘有不測，惟阿Q是問。

五、阿Q不准再去索取工錢和布衫。

阿Q自然都答應了，可惜沒有錢。幸而已經春天棉被可以無用，便質了二千大錢，履行條約。赤膊磕頭之後，居然還剩幾文，他也不再贖氈帽，統統喝了酒了。但趙家也並不燒香點燭，因為太太拜佛的時候可以用，留著了。那破布衫是大半做了少奶奶八月間生下來的孩子的襯尿布，那小半破爛的便都做了吳媽的鞋底。

赤膊
磕頭

第五章 生計問題

阿Q禮畢之後，仍舊回到土穀祠。太陽下去了，漸漸覺得世上有些古怪。他仔細一想，終於省悟過來：其原因蓋在自己的赤膊。他記得破夾襖還在，便披在身上，躺倒了。待張開眼睛，原來太陽又已經照在西牆上頭了。

他坐起身，一面說道：「媽媽的……」

他起來之後，也仍舊在街上逛，雖然不比赤膊之有切膚之痛，卻又漸漸的覺得世上有些古怪了。彷彿從這一天起，未莊的女人們忽然都怕了羞，伊們一見阿Q走來，便個個躲

第五章　生計問題

進門裡去。甚而至於將近五十歲的鄒七嫂，也跟著別人亂鑽，而且將十一歲的女兒都叫進去了。

阿Q很以為奇，而且想：「這些東西忽然都學起小姐模樣來了。這娼婦們……」

但他更覺得世上有些古怪，卻是許多日以後的事。其一，酒店不肯賒欠了；其二，管土穀祠的老頭子說些廢話，似乎叫他走；其三，他雖然記不清多少日，但確乎有許多日，沒有一個人來叫他做短工。酒店不賒，熬著也罷了；老頭子催他走，嚕囌一通也就算了；只是沒有人來叫他做短工，卻使阿Q肚子餓：這委實是一件非常「媽媽的」的事情。

阿Q忍不下去了，他只好到老主顧的家裡去探問——但獨不許踏進趙府的門檻——然而情形也異樣：一定走出一個男人來，現了十分煩厭的相貌，像回覆乞丐一般的搖手道：

「沒有沒有！你出去！」

在先生的作品中，也常常可以發見雜有鄉言，即以《阿Q正傳》的第五章「生計問題」中所寫的「甚而至於將近五十歲的鄒七嫂，也跟著別人亂鑽」和「酒店不賒，熬著也罷了」中「鑽」和「熬」來說，便都是屬於紹興話的範圍的，用在這裡顯得都很合適，不露痕跡。像這一類例子，在魯迅先生的作品裡，還可以找出不少了的。

——川島《當魯迅先生寫〈阿Q正傳〉的時候》

「這些東西忽然都学起小姐模樣来了……」
TK

阿Q愈覺得稀奇了。他想，這些人家向來少不了要幫忙，不至於現在忽然都無事，這總該有些蹊蹺在裡面了。他留心打聽，才知道他們有事都去叫小Don。這小D，是一個窮小子，又瘦又乏，在阿Q的眼睛裡，位置是在王胡之下的，誰料這小子竟謀了他的飯碗去。所以阿Q這一氣，更與平常不同，當氣憤憤的走著的時候，忽然將手一揚，唱道：

「我手執鋼鞭將你打……」

幾天之後，他竟在錢府的照壁前遇見了小D。「仇人相見，分外眼明」，阿Q便迎上去。小D也站住了。

「畜生！」阿Q怒目而視的說，嘴角上飛出唾沫來。

「我是蟲豸，好麼？……」小D說。

這謙遜反使阿Q更加憤怒起來，但他手裡沒有鋼鞭，於是只得撲上去，伸手去拔小D的辮子。小D一手護住了自己的辮根，一手也來拔阿Q的辮子，阿Q便也將空著的一隻手

「畜生！」阿Q怒目而視的說，
鴻禧

第五章　生計問題

護住了自己的辮根。從先前的阿Q看來，小D本來是不足齒數的，但他近來挨了餓，又瘦又乏已經不下於小D，所以便成了勢均力敵的現象，四隻手拔著兩顆頭，都彎了腰，在錢家粉牆上映出一個藍色的虹形，至於半點鐘之久了。

「好了，好了！」看的人們說，大約是解勸的。

「好，好！」看的人們說，不知道是解勸，是頌揚，還是煽動。

然而他們都不聽。阿Q進三步，小D便退三步，都站著；小D進三步，阿Q便退三步，又都站著。大約半點鐘——未莊少有自鳴鐘，所以很難說，或者二十分——他們的頭髮裡便都冒煙、額上便都流汗，阿Q的手放鬆了，在同一瞬間，小D的手也正放鬆了，同時直起，同時退開，都擠出人叢去。

「記著罷，媽媽的……」是阿Q回過頭去說。

在錢家粉牆上映出一個藍色
的虹形，至於半點鐘之久。
鴻禧
TK

第五章　生計問題

「媽媽的，記著罷……」小D也回過頭來說。

這一場「龍虎鬥」似乎並無勝敗，也不知道看的人可滿足，都沒有發什麼議論，而阿Q卻仍然沒有人來叫他做短工。

有一日很溫和，微風拂拂的頗有些夏意了，阿Q卻覺得寒冷起來。但這還可以擔當，第一倒是肚子餓。棉被、氈帽、布衫，早已沒有了，其次就賣了棉襖；現在有褲子，卻萬不可脫的；有破夾襖，又除了送人做鞋底之外，決定賣不出錢。他早想在路上拾得一注錢，但至今還沒有見；他想在自己的破屋裡忽然尋到一注錢，慌張的四顧，但屋內是空虛而且了然。於是他決計出門求食去了。

他在路上走著要「求食」，看見熟識的酒店，看見熟識的饅頭，但他都走過了，不但沒有暫停，而且並不想要。他所求的不是這類東西了。他求的是什麼東西，他自己不知

「一注錢」卿很多錢。
——對日譯本《阿Q正傳》的校釋

「記着罷，媽々的……」
「媽々的，記着罷……」
鴻禧

道。

未莊本不是大村鎮，不多時便走盡了。村外多是水田，滿眼是新秧的嫩綠，夾著幾個圓形的活動的黑點，便是耕田的農夫。阿Q並不賞鑒這田家樂，卻只是走，因為他直覺的知道這與他的「求食」之道是很遼遠的。但他終於走到靜修庵的牆外了。

庵周圍也是水田，粉牆突出在新綠裡，後面的低土牆裡是菜園。阿Q遲疑了一會，四面一看，並沒有人。他便爬上這矮牆去扯著何首烏藤。但泥土仍然簌簌的掉，阿Q的腳也索索的抖；終於攀著桑樹枝，跳到裡面了。裡面真是鬱鬱蔥蔥，但似乎並沒有黃酒饅頭，以及此外可吃的之類。靠西牆是竹叢，下面許多筍，只可惜都是並未煮熟的，還有油菜早經結子，芥菜已將開花，小白菜也很老了。

阿Q彷彿文童落第似的覺得很冤屈，他慢慢走近園門

他便爬上這矮牆去。
TK

門口突然伸出一個
很圓的頭來。

去，忽而非常驚喜了。這分明是一畦老蘿蔔。他於是蹲下便拔。而門口突然伸出一個很圓的頭來，又即縮回去了。這分明是小尼姑。小尼姑之流是阿Q本來視若草芥的，但世事須「退一步想」，所以他便趕緊拔起四個蘿蔔，擰下青葉，兜在大襟裡。然而老尼姑已經出來了。

「阿彌陀佛！阿Q，你怎麼跳進園裡來偷蘿蔔……阿呀，罪過呵，阿唷，阿彌陀佛……」

「我什麼時候跳進你的園裡來偷蘿蔔？」阿Q且看且走的說。

「現在……這不是？」老尼姑指著他的衣兜。

「這是你的？你能叫得他答應你麼？你……」

阿Q沒有說完話，拔步便跑；追來的是一匹很肥大的黑狗。這本來在前門的，不知怎的到後園來了。黑狗哼而且追，已經要咬著阿Q的腿，幸而從衣兜裡落下一個蘿蔔來，那狗

「這是你的！
你能叫得他
答應你麼？」

幸而從衣兜裏落下一個蘿蔔來，
那狗給一嚇，

給一嚇，略略一停，阿Q已經爬上桑樹，跨到土牆，連人和蘿蔔都滾出牆外面了。只剩著黑狗還在對著桑樹嗥，老尼姑念著佛。

阿Q怕尼姑又放出黑狗來，拾起蘿蔔便走，沿路又撿了幾塊小石頭，但黑狗卻並不再出現。阿Q於是拋了石塊，一面走一面吃，而且想道：這裡也沒有什麼東西尋，不如進城去……

待三個蘿蔔吃完時，他已經打定了進城的主意了。

第六章　從中興到末路

在未莊再看見阿Q出現的時候，是剛過了這年的中秋。人們都驚異，說是阿Q回來了，於是又回上去想道，他先前哪裡去了呢？阿Q前幾回的上城，大抵早就興高采烈的對人說，但這一次卻並不，所以也沒有一個人留心到。他或者也曾告訴過管土穀祠的老頭子，然而未莊老例，只有趙太爺錢太爺和秀才大爺上城才算一件事。假洋鬼子尚且不足數，何況是阿Q；因此老頭子也就不替他宣傳，而未莊的社會上也就無從知道了。

羣賢畢至
「現钱！
打酒来」！

但阿Q這回的回來，卻與先前大不同，確乎很值得驚異。天色將黑，他睡眼矇矓的在酒店門前出現了。他走近櫃枱，從腰間伸出手來，滿把是銀的和銅的，在櫃上一扔說：「現錢！打酒來！」穿的是新夾襖，看去腰間還掛著一個大搭連，沉鈿鈿的將褲帶墜成了很彎很彎的弧線。未莊老例，看見略有些醒目的人物，是與其慢也寧敬的，現在雖然明知道是阿Q，但因為和破夾襖的阿Q有些兩樣了。古人云：「士別三日便當刮目相待。」所以堂倌、掌櫃、酒客、路人，便自然顯出一種疑而且敬的形態來。掌櫃既先之以點頭，又繼之以談話：

「嚄！阿Q，你回來了！」

「回來了。」

「發財發財！你是——在……」

「上城去了！」

第六章　從中興到末路

這一件新聞，第二天便傳遍了全未莊。人人都願意知道現錢和新夾襖的阿Q的中興史，所以在酒店裡、茶館裡、廟檐下，便漸漸的探聽出來了。這結果，是阿Q得了新敬畏。

據阿Q說，他是在舉人老爺家裡幫忙。這一節，聽的人都肅然了。這老爺本姓白，但因為合城裡只有他一個舉人，所以不必再冠姓，說起舉人來就是他。這也不獨在未莊是如此，便是一百里方圓之內也都如此，人們幾乎多以為他的姓名就叫舉人老爺的了。在這人的府上幫忙，那當然是可敬的。但據阿Q又說，他卻不高興再幫忙了，因為這舉人老爺實在太「媽媽的」了。這一節，聽的人都嘆息而且快意，因為阿Q本不配在舉人老爺家裡幫忙，而不幫忙是可惜的。

據阿Q說，他的回來，似乎也由於不滿意城裡人，這就在他們將長凳稱為條凳，而且煎魚用葱絲，加以最近觀察所得的缺點，是女人的走路也扭得不很好。然而也偶有大可佩

服的地方，即如未莊的鄉下人不過打三十二張的竹牌，只有假洋鬼子能夠叉「麻醬」，城裡卻連小烏龜子都叉得精熟的。什麼假洋鬼子，只要放在城裡的十幾歲的小烏龜子的手裡，也就立刻是「小鬼見閻王」。這一節，聽的人都赧然了。

「你們可看見過殺頭麼？」阿Q說：「咳，好看。殺革命黨。唉，好看好看……」他搖搖頭，將唾沫飛在正對面的趙司晨的臉上。這一節，聽的人都凜然了。但阿Q又四面一看，忽然揚起右手，照著伸長脖子聽得出神的王胡的後項窩上直劈下去道：

「嚓！」

王胡驚得一跳，同時電光石火似的趕快縮了頭，而聽的人又都悚然而且欣然了。從此王胡瘟頭瘟腦的許多日，並且再不敢走近阿Q的身邊；別的人也一樣。

阿Q這時在未莊人眼睛裡的地位，雖不敢說超過趙太

「嚓!」

爺，但謂之差不多，大約也就沒有什麼語病的了。

然而不多久，這阿Q的大名忽又傳遍了未莊的閨中。雖然未莊只有錢趙兩姓是大屋，此外十之九都是淺閨，但閨中究竟是閨中，所以也算得一件神異。女人們見面時一定說，鄒七嫂在阿Q那裡買了一條藍綢裙，舊固然是舊的，但只化了九角錢。還有趙白眼的母親——一說是趙司晨的母親，待考——也買了一件孩子穿的大紅洋紗衫，七成新，只用三百大錢九二串。於是伊們都眼巴巴的想見阿Q，缺綢裙的想問他買綢裙，要洋紗衫的想問他買洋紗衫，不但見了不逃避，有時阿Q已經走過了，也還要追上去叫住他問道：

「阿Q，你還有綢裙麼？沒有？紗衫也要的，有罷？」

後來這終於從淺閨傳進深閨裡去了。因為鄒七嫂得意之餘，將伊的綢裙請趙太太去鑒賞，趙太太又告訴了趙太爺，而且著實恭維了一番。趙太爺便在晚飯桌上，和秀才大爺討

「三百大錢九二串」當譯為「三百大錢，以九十二文作為一百」的意思。——《阿Q正傳》的成因

「阿Q，你還有綢裙麼？
沒有，紗衫也要的，有罷？」

論，以為阿Q實在有些古怪，我們門窗應該小心些；但他的東西，不知道可還有什麼可買，也許有點好東西罷。加以趙太太也正想買一件價廉物美的皮背心。於是家族決議，便託鄒七嫂即刻去尋阿Q，而且為此新闢了第三種的例外：這晚上也姑且特准點油燈。

油燈乾了不少了，阿Q還不到。趙府的全眷都很焦急，打著呵欠，或恨阿Q太飄忽，或怨鄒七嫂不上緊。趙太太還怕他因為春天的條件不敢來，而趙太爺以為不足慮：因為這是「我」去叫他的。果然，到底趙太爺有見識，阿Q終於跟著鄒七嫂進來了。

「他只說沒有沒有，我說你自己當面說去，他還要說，我說……」鄒七嫂氣喘吁吁的走著說。

「太爺！」阿Q似笑非笑的叫了一聲，在檐下站住了。

「阿Q，聽說你在外面發財。」趙太爺踱開去，眼睛打

「阿Q，聽說你在外面發財！」

量著他的全身，一面說：「那很好，那很好的！這個……聽說你有些舊東西……可以都拿來看一看……這也並不是別的，因為我倒要……」

「我對鄒七嫂說過了，都完了。」

「完了？」趙太爺不覺失聲的說：「哪裡會完得這樣快呢？」

「那是朋友的，本來不多。他們買了些……」

「總該還有一點罷。」

「現在，只剩了一張門幕了。」

「就拿門幕來看看罷。」趙太太慌忙說。

「那麼，明天拿來就是。」趙太爺卻不甚熱心了。「阿Q，你以後有什麼東西的時候，你盡先送來給我們看……」

「價錢絕不會比別家出得少！」秀才說。秀才娘子忙一瞥阿Q的臉，看他感動了沒有。

「我要一件皮背心。」趙太太說。

阿Q雖然答應著，卻懶洋洋的出去了，也不知道他是否放在心上。這使趙太爺很失望、氣憤而且擔心，至於停止了打呵欠。秀才對於阿Q的態度也很不平，於是說，這忘八蛋要提防，或者竟不如吩咐地保，不許他住在未莊。但趙太爺以為不然，說這也怕要結怨，況且做這路生意的大概是「老鷹不吃窩下食」，本村倒不必擔心的；只要自己夜裡警醒點就是了。秀才聽了這「庭訓」，非常之以為然，便即刻撤消了驅逐阿Q的提議，而且叮囑鄒七嫂，請伊萬不要向人提起這一段話。

但第二日，鄒七嫂便將那藍裙去染了皂，又將阿Q可疑之點傳揚出去了，可是確沒有提起秀才要驅逐他這一節。然而這已經於阿Q很不利。最先，地保尋上門了，取了他的門幕去。阿Q說是趙太太要看的，而地保也不還，並且要議定

每月的孝敬錢。其次，是村人對於他的敬畏忽而變相了，雖然還不敢來放肆，卻很有遠避的神情，而這神情和先前的防他來「嚓」的時候又不同，頗混著「敬而遠之」的分子了。

只有一班閒人們卻還要尋根究柢的去探阿Q的底細。阿Q也並不諱飾，傲然的說出他的經驗來。從此他們才知道，他不過是一個小腳色，不但不能上牆，並且不能進洞，只站在洞外接東西。有一夜，他剛才接到一個包，正手再進去，不一會，只聽得裡面大嚷起來，他便趕緊跑，連夜爬出城，逃回未莊來了，從此不敢再去做。然而這故事卻於阿Q更不利，村人對於阿Q的「敬而遠之」者，本因為怕結怨，誰料他不過是一個不敢再偷的偷兒呢？這實在是「斯亦不足畏也矣」。

並且要
議定
每月的
孝敬钱

第七章 革命

宣統三年九月十四日——即阿Q將搭連賣給趙白眼的這一天——三更四點，有一隻大烏篷船到了趙府上的河埠頭。這船從黑魆魆中蕩來，鄉下人睡得熟，都沒有知道；出去時將近黎明，卻很有幾個看見的了。據探頭探腦的調查來的結果，知道那竟是舉人老爺的船！

那船便將大不安載給了未莊，不到正午，全村的人心就很搖動。船的使命，趙家本來是很祕密的，但茶坊酒肆裡卻都說，革命黨要進城，舉人老爺到我們鄉下來逃難了。惟有

有一隻
大烏篷船
到了趙府的
河埠頭、

鄒七嫂不以為然，說那不過是幾口破衣箱，舉人老爺想來寄存的，卻已被趙太爺回覆轉去。其實舉人老爺和趙秀才素不相能，在理本不能有「共患難」的情誼，況且鄒七嫂又和趙家是鄰居，見聞較為切近，所以大概該是伊對的。

然而謠言很旺盛，說舉人老爺雖然似乎沒有親到，卻有一封長信，和趙家排了「轉折親」。趙太爺肚裡一輪，覺得於他總不會有壞處，便將箱子留下了，現就塞在太太的床底下。至於革命黨，有的說是便在這一夜進了城，個個白盔白甲：穿著崇正（明末亡國帝王崇禎）皇帝的素。

阿Q的耳朵裡，本來早聽到過革命黨這一句話，今年又親眼見過殺掉革命黨。但他有一種不知從哪裡來的意見，以為革命黨便是造反，造反便是與他為難，所以一向是「深惡而痛絕之」的。殊不料這卻使百里聞名的舉人老爺有這樣怕，於是他未免也有些「神往」了，況且未莊的一群鳥男女

「穿著（明朝）崇正（實為禎）皇帝的素」，即為明朝向清朝復仇之意。

——對日譯本《阿Q正傳》的校釋

的慌張的神情，也使阿Q更快意。

「革命也好罷，」阿Q想，「革這夥媽媽的命！太可惡！太可恨……便是我，也要投降革命黨了。」

阿Q近來用度窘迫，大約略略有些不平；加以午間喝了兩碗空肚酒，愈加醉得快，一面想一面走，便又飄飄然起來。不知怎麼一來，忽而似乎革命黨便是自己，未莊人卻都是他的俘虜了。他得意之餘，禁不住大聲的嚷道：

「造反了！造反了！」

未莊人都用了驚懼的眼光對他看。這種可憐的眼光，是阿Q從來沒有見過的，一見之下，又使他舒服得如六月裡喝了雪水。他更加高興的走而且喊道：

好……我要什麼就是什麼，我歡喜誰就是誰。

得得，鏘鏘！

這樣地一周一周挨下去，於是乎就不免發生阿Q可要做革命黨的問題了，據我的意思，中國倘不革命，阿Q便不做，既然革命，就會做的。我的阿Q的命運，也只能如此，人格也恐怕並不是兩個。民國元年已經過去，無可追蹤了，但此後倘再有改革，我相信還會有阿Q似的革命黨出現。

——《阿Q正傳》的成因

悔不該，酒醉錯斬了鄭賢弟，
悔不該，呀呀呀……
得得，鏘鏘，得，鏘令鏘！
我手執鋼鞭將你打……

趙府上的兩位男人和兩個真本家也正站在大門口論革命，阿Q沒有見，昂了頭直唱過去。

「得得……」

「老Q！」趙太爺怯怯的迎著低聲的叫。

「鏘鏘，」阿Q料不到他的名字會和「老」字連結起來，以為是一句別的話，與己無干，只是唱：「得，鏘，鏘令鏘，鏘！」

「老Q。」

「悔不該……」

「悔不該，酒醉錯斬了鄭賢弟」系戲曲《龍虎鬥》中的唱詞。宋趙匡胤被敵擊敗時唱的。誤斬鄭姓義弟，後悔削弱了自己。「我手執鋼鞭將你打」系其敵人的唱法。
——對日譯本《阿Q正傳》的校釋

「老Q，」趙太爺怯々的迎着
低聲的叫、

「阿Q！」秀才只得直呼其名了。

阿Q這才站住，歪著頭問道：「什麼？」

「老Q……現在……」趙太爺卻又沒有話，「現在……發財麼？」

「發財？自然。要什麼就是什麼……」

「阿……Q哥，像我們這樣窮朋友是不要緊的……」趙白眼惴惴的說，似乎想探革命黨的口風。

「窮朋友？你總比我有錢。」阿Q說著自去了。

大家都憮然，沒有話。趙太爺父子回家，晚上商量到點燈。趙白眼回家，便從腰間扯下搭連來，交給他女人藏在箱底裡。

阿Q飄飄然的飛了一通，回到土穀祠，酒已經醒透了。這晚上，管祠的老頭子也意外的和氣，請他喝茶。阿Q便向他要了兩個餅，吃完之後，又要了一支點過的四兩燭和一個

這晚上，管祠的老頭子也意外的和氣

樹燭台，點起來，獨自躺在自己的小屋裡。他說不出的新鮮而且高興，燭火像元宵夜似的閃閃的跳，他的思想也迸跳起來了：

「造反？有趣……來了一陣白盔白甲的革命黨，都拿著板刀、鋼鞭、炸彈、洋炮、三尖兩刃刀、鉤鐮槍，走過土穀祠，叫道：『阿Q！同去同去！』於是一同去……

「這時未莊的一夥鳥男女才好笑哩，跪下叫道：『阿Q，饒命！』誰聽他！第一個該死的是小D和趙太爺，還有秀才，還有假洋鬼子……留幾條麼？王胡本來還可留，但也不要了……

「東西……直走進去打開箱子來：元寶、洋錢、洋紗衫……秀才娘子的一張寧式床先搬到土穀祠，此外便擺了錢家的桌椅——或者也就用趙家的罷。自己是不動手的了，叫小D來搬，要搬得快，搬得不快打嘴巴……

（寧式床）寧波式的床（奢侈的大床），不是南京床。

——對日譯本《阿Q正傳》的校釋

「趙司晨的妹子真醜。鄒七嫂的女兒過幾年再說。假洋鬼子的老婆會和沒有辮子的男人睡覺，嚇，不是好東西！秀才的老婆是眼胞上有疤的……吳媽長久不見了，不知道在哪裡——可惜腳太大。」

阿Q沒有想得十分停當，已經發了鼾聲，四兩燭還只點去了小半寸，紅焰焰的光照著他張開的嘴。

「荷荷！」阿Q忽而大叫起來，抬了頭倉皇的四顧，待到看見四兩燭，卻又倒頭睡去了。

第二天他起得很遲，走出街上看時，樣樣都照舊。他也仍然肚餓。他想著，想不起什麼來；但他忽而似乎有了主意了，慢慢的跨開步，有意無意的走到靜修庵。

庵和春天時節一樣靜，白的牆壁和漆黑的門。他想了一想，前去打門。一隻狗在裡面叫。他急急拾了幾塊斷磚，再上去較為用力的打，打到黑門上生出許多麻點的時候，才聽

紅皎皎的光
照著他張開的嘴.
TK

得有人來開門。

阿Q連忙捏好磚頭，擺開馬步，準備和黑狗來開戰。但庵門只開了一條縫，並無黑狗從中衝出，望進去只有一個老尼姑。

「你又來什麼事？」伊大吃一驚的說。

「革命了……你知道？……」阿Q說得很含糊。

「革命革命，革過一革的……你們要革得我們怎麼樣呢？」老尼姑兩眼通紅的說。

「什麼？……」阿Q詫異了。

「你不知道，他們已經來革過了！」

「誰？……」阿Q更其詫異了。

「那秀才和洋鬼子！」

阿Q很出意外，不由得一錯愕。老尼姑見他失了銳氣，便飛速的關了門。阿Q再推時，牢不可開，再打時，沒有回

打到黑門上
生出許多麻點的時候
靜修菴

「革命革命，
革過一革的……
你們要革得我們怎
麼樣呢？」
靜修庵

答了。

那還是上午的事。趙秀才消息靈，一知道革命黨已在夜間進城，便將辮子盤在頂上，早去拜訪那歷來也不相能的錢洋鬼子。這是「咸與維新」的時候了，所以他們便談得很投機，立刻成了情投意合的同志，也相約去革命。他們想而又想，才想出靜修庵裡有一塊「皇帝萬歲萬萬歲」的龍牌，是應該趕緊革掉的，於是又立刻同到庵裡去革命。因為老尼姑來阻擋，說了三句話，他們便將伊當作滿政府，在頭上很給了不少的棍子和栗鑿。尼姑待他們走後，定了神來檢點，龍牌固然已經碎在地上了，而且又不見了觀音娘娘座前的一個宣德爐。

這事阿Q後來才知道。他頗悔自己睡著，但也深怪他們不來招呼他。

他又退一步想道：

「難道他們還沒有知道，我已經投降了革命黨麼？」

龍牌，以木板製成，四邊刻有龍的飾紋，供於佛前，高一尺五寸許。

——對日譯本《阿Q正傳》的校釋

他們便將伊當作滿政府

第八章　不准革命

未莊的人心日見其安靜了。據傳來的消息，知道革命黨雖然進了城，倒還沒有什麼大異樣。知縣大老爺還是原官，不過改稱了什麼，而且舉人老爺也做了什麼——這些名目，未莊人都說不明白——官，帶兵的也還是先前的老把總。只有一件可怕的事是另有幾個不好的革命黨夾在裡面搗亂，第二天便動手剪辮子，聽說那鄰村的航船七斤便著了道兒，弄得不像人樣子了。但這卻還不算大恐怖，因為未莊人本來少上城，即使偶有想進城的，也就立刻變了計，碰不著這危險。

載客往來於城鎮和鄉村的船，稱為「航船」。七斤系人名，恰與日本昔年稱工匠為某匠之某某等相似。

——對日譯本《阿Q正傳》的校釋

阿Q本也想進城去尋他的老朋友，一得這消息，也只得作罷了。

但未莊也不能說是無改革。幾天之後，將辮子盤在頂上的逐漸增加起來了。早經說過，最先自然是茂才公，其次便是趙司晨和趙白眼，後來是阿Q。倘在夏天，大家將辮子盤在頭頂上或者打一個結，本不算什麼稀奇事，但現在是暮秋，所以這「秋行夏令」的情形，在盤辮家不能不說是萬分的英斷，而在未莊也不能說無關於改革了。

趙司晨腦後空蕩蕩的走來，看見的人大嚷說：

「嚄！革命黨來了！」

阿Q聽到了很羨慕。他雖然早知道秀才盤辮的大新聞，但總沒有想到自己可以照樣做，現在看見趙司晨也如此，才有了學樣的意思，定下實行的決心。他用一支竹筷將辮子盤在頭頂上，遲疑多時，這才放膽的走去。

（茂才公），公即先生，這裡含有輕蔑之意。
——對日譯本《阿Q正傳》的校釋

趙司晨腦後
空蕩〻的走来、

他在街上走，人也看他，然而不說什麼話，阿Q當初很不快，後來便很不平。他近來很容易鬧脾氣了。其實他的生活倒也並不比造反之前反艱難，人見他也客氣，店鋪也不說要現錢。而阿Q總覺得自己太失意：既然革了命，不應該只是這樣的。況且有一回看見小D，愈使他氣破肚皮了。

小D也將辮子盤在頭頂上了，而且也居然用一支竹筷。阿Q萬料不到他也敢這樣做，自己也絕不准他這樣做！小D是什麼東西呢？他很想即刻揪住他，拗斷他的竹筷，放下他的辮子，並且批他幾個嘴巴，聊且懲罰他忘了生辰八字，也敢來做革命黨的罪。但他終於饒放了，單是怒目而視的吐一口唾沫道：「呸！」

這幾日裡，進城去的只有一個假洋鬼子。趙秀才本也想靠著寄存箱子的淵源，親身去拜訪舉人老爺的，但因為有剪辮的危險，所以也就中止了。他寫了一封「黃傘格」的信，

託假洋鬼子帶上城，而且託他給自己紹介紹介，去進自由黨。假洋鬼子回來時，向秀才討還了四塊洋錢，秀才便有一塊銀桃子掛在大襟上了。未莊人都驚服，說這是柿油黨的頂子，抵得一個翰林。趙太爺因此也驟然大闊，遠過於他兒子初雋秀才的時候，所以目空一切，見了阿Q，也就很有些不放在眼裡了。

阿Q正在不平，又時時刻刻感著冷落，一聽得這銀桃子的傳說，他立即悟出自己之所以冷落的原因了：要革命，單說投降，是不行的；盤上辮子，也不行的；第一著仍然要和革命黨去結識。他生平所知道的革命黨只有兩個，城裡的一個早已「嚓」的殺掉了，現在只剩了一個假洋鬼子。他除卻趕緊去和假洋鬼子商量之外，再沒有別的道路了。

錢府的大門正開著，阿Q便怯怯的躄進去。他一到裡面，很吃了驚，只見假洋鬼子正站在院子的中央，一身烏黑

（柿油黨）原是「自由黨」，鄉下人不能懂，便訛成他們能懂的「柿油黨」了。

——《阿Q正傳》的成因

頂子，清朝官階的標誌，安在帽頂的。

——對日譯本《阿Q正傳》的校釋

「呸!」

這是柿油黨的頂子，抵得一個翰林、

洋先生
却没有见他

的大約是洋衣，身上也掛著一塊銀桃子，手裡是阿Q曾經領教過的棍子，已經留到一尺多長的辮子都拆開了披在肩背上，蓬頭散髮的像一個劉海仙。對面挺直的站著趙白眼和三個閒人，正在必恭必敬的聽說話。

阿Q輕輕的走近了，站在趙白眼的背後，心裡想招呼，卻不知道怎麼說才好：叫他假洋鬼子固然是不行的了，洋人也不妥，革命黨也不妥，或者就應該叫洋先生了罷。

洋先生卻沒有見他，因為白著眼睛講得正起勁：

「我是性急的，所以我們見面，我總是說：洪哥！我們動手罷！他卻總說道No！——這是洋話，你們不懂的。否則早已成功了。然而這正是他做事小心的地方。他再三再四的請我上湖北，我還沒有肯。誰願意在這小縣城裡做事情……」

「唔……這個……」阿Q候他略停，終於用十二分的

滚出去！
洋先生
揚起哭
丧棒来了。

勇氣開口了。但不知道因為什麼，又並不叫他洋先生。

聽著說話的四個人都吃驚的回顧他。洋先生也才看見：

「什麼？」

「我……」

「出去！」

「我要投……」

「滾出去！」洋先生揚起哭喪棒來了。

趙白眼和閒人們便都吆喝道：「先生叫你滾出去，你還不聽麼！」

阿Q將手向頭上一遮，不自覺的逃出門外；洋先生倒也沒有追。他快跑了六十多步，這才慢慢的走，於是心裡便湧起了憂愁：洋先生不准他革命，他再沒有別的路；從此絕不能望有白盔白甲的人來叫他，他所有的抱負、志向、希望、前程，全被一筆勾銷了。至於閒人們傳揚開去，給小D王胡

等輩笑話，倒是還在其次的事。

他似乎從來沒有經驗過這樣的無聊。他對於自己的盤辮子，彷彿也覺得無意味，要侮蔑；為報仇起見，很想立刻放下辮子來，但也沒有竟放。他遊到夜間，賒了兩碗酒，喝下肚去，漸漸的高興起來了，思想裡才又出現白盔白甲的碎片。

有一天，他照例的混到夜深，待酒店要關門，才踱回土穀祠去。

拍，吧～～～

他忽而聽得一種異樣的聲音，又不是爆竹。阿Q本來是愛看熱鬧，愛管閒事的，便在暗中直尋過去。似乎前面有些腳步聲。他正聽，猛然間一個人從對面逃來了。阿Q看見，便趕緊翻身跟著逃。那人轉彎，阿Q也轉彎；既轉彎，那人站住了，阿Q也站住。他看後而並無什麼，看那人便是小

D。

「什麼？」阿Q不平起來了。

「趙……趙家遭搶了！」小D氣喘吁吁的說。

阿Q的心怦怦的跳了。小D說了便走；阿Q卻逃而又停的兩三回。但他究竟是做過「這路生意」的人，格外膽大，於是蹩出路角，仔細的聽，似乎有些嚷嚷，又仔細的看，似乎許多白盔白甲的人絡繹的將箱子抬出了，器具抬出了，秀才娘子的寧式床也抬出了，但是不分明。他還想上前，兩隻腳卻沒有動。

這一夜沒有月，未莊在黑暗裡很寂靜，寂靜到像羲皇（遠古時候傳說中的帝王「伏羲氏」）時候一般太平。阿Q站著看到自己發煩，也似乎還是先前一樣，在那裡來來往往的搬，箱子抬出了，器具抬出了，秀才娘子的寧式床也抬出了……抬得他自己有些不信他的眼睛了。但他決計不再上

趙……趙家遭搶了!
小D氣喘吁吁的說.

前，卻回到自己的祠裡去了。

土穀祠裡更漆黑。他關好大門，摸進自己的屋子裡。他躺了好一會，這才定了神，而且發出關於自己的思想來：白盔白甲的人明明到了，並不來打招呼，搬了許多好東西，又沒有自己的份──這全是假洋鬼子可惡，不准我造反，否則，這次何至於沒有我的份呢？阿Q越想越氣，終於禁不住滿心痛恨起來，毒毒的點一點頭：「不准我造反，只准你造反？媽媽的假洋鬼子──好，你造反！造反是殺頭的罪名呵！我總要告一狀，看你抓進縣裡去殺頭──滿門抄斬──嚓！嚓！」

第九章　大團圓

趙家遭搶之後，未莊人大抵很快意而且恐慌，阿Q也很快意而且恐慌。但四天之後，阿Q在半夜裡忽被抓進縣城裡去了。那時恰是暗夜，一隊兵，一隊團丁，一隊警察，五個偵探，悄悄地到了未莊，乘昏暗圍住土穀祠，正對門架好機關槍。然而阿Q不衝出。許多時沒有動靜，把總焦急起來了，懸了二十千的賞，才有兩個團丁冒了險，踰垣進去，裡應外合，一擁而入，將阿Q抓出來；直待擒出祠外面的機關槍左近，他才有些清醒了。

但阿Q的事件卻大得多了。他確曾上城偷過東西，未庄也確已出了搶案，那時又還是民國元年，那些官吏，為事自然比現在更離奇。先生！你想：這是十三年前的事呵。那時的事，我以為在即使在《阿Q正傳》中再添上一混成旅和八尊過山炮，也不至於「言過其實」的罷。

直待擡出祠
外面的機關槍
左近，他才有些
清醒了。

第九章　大團圓

到進城，已經是正午，阿Q見自己被攙進一所破衙門，轉了五六個彎，便推在一間小屋裡。他剛剛一蹌踉，那用整株的木料做成的柵欄門，便跟著他的腳跟闔上了。其餘的三面都是牆壁，仔細看時，屋角上還有兩個人。

阿Q雖然有些忐忑，卻並不很苦悶，因為他那土穀祠裡的臥室也並沒有比這間屋子更高明。那兩個也彷彿是鄉下人，漸漸和他兜搭起來了，一個說是舉人老爺要追他祖父欠下來的陳租，一個不知道為了什麼事。他們問阿Q，阿Q爽利的答道：「因為我想造反。」

他下半天便又被揪出柵欄門去了。到得大堂，上面坐著一個滿頭剃得精光的老頭子。阿Q疑心他是和尚，但看見下面站著一排兵，兩旁又站著十幾個長衫人物，也有滿頭剃得精光像這老頭子的，也有將一尺來長的頭髮披在背後像那假洋鬼子的，都是一臉橫肉，怒目而視的看他，他便知道這人

請先生不要用普通的眼光看中國。我的一個朋友從印度回來，說，那地方真古怪，每當自己走過恆河邊，就覺得還要防被捉去殺掉而祭天。我在中國也時時起這一類的恐懼。普通認為romantic的，在中國是平常事；機關槍不裝在土谷祠外，還裝到哪裡去呢？

——答FD君（1925年5月14日）

我當做《阿Q正傳》到阿Q被抓時，做不下去了，曾想裝作酒醉去打巡警，得一點牢監裡的經驗。

——致章廷謙（1925年8月8日）

阿Q疑心他是和尚、
T.K.

一定有些來歷，膝關節立刻自然而然的寬鬆，便跪了下去了。

「站著說，不要跪！」長衫人物都吆喝說。

阿Q雖然似乎懂得，但總覺得站不住，身不由己的蹲了下去，而且終於趁勢改為跪下了。

「奴隸性……」長衫人物又鄙夷似的說，但也沒有叫他起來。

「你從實招來罷，免得吃苦。我早都知道了。招了可以放你。」那光頭的老頭子看定了阿Q的臉，沉靜的清楚的說。

「招罷！」長衫人物也大聲說。

「我本來要……來投……」阿Q胡裡胡塗的想了一通，這才斷斷續續的說。

「那麼，為什麼不來的呢？」老頭子和氣的問。

「假洋鬼子不准我！」

「我本來要……來投（申請加入）……」，因此長官誤解為是來投案的。

——對日譯本《阿Q正傳》的校釋

「胡說！此刻說，也遲了。現在你的同黨在哪裡？」

「什麼？……」

「那一晚打劫趙家的一夥人。」

「他們沒有來叫我。他們自己搬走了。」阿Q提起來便憤憤。

「走到哪裡去了呢？說出來便放你了。」老頭子更和氣了。

「我不知道……他們沒有來叫我……」

然而老頭子使了一個眼色，阿Q便又被抓進柵欄門裡了。他第二次抓出柵欄門是第二天的上午。

大堂的情形都照舊。上面仍然坐著光頭的老頭子，阿Q也仍然下了跪。

老頭子和氣的問道：「你還有什麼話說麼？」

阿Q一想，沒有話，便回答說：「沒有。」

於是一個長衫人物拿了一張紙並一支筆送到阿Q的面前，要將筆塞在他手裡。阿Q這時很吃驚，幾乎「魂飛魄散」了；因為他的手和筆相關，這回是初次。他正不知怎樣拿，那人卻又指著一處地方教他畫花押。

「我……我……不認得字。」阿Q一把抓住了筆，惶恐而且慚愧的說。

「那麼，便宜你，畫一個圓圈！」

阿Q要畫圓圈了，那手捏著筆卻只是抖。於是那人替他將紙鋪在地上，阿Q伏下去，使盡了平生的力畫圓圈。他生怕被人笑話，立志要畫得圓，但這可惡的筆不但很沉重，並且不聽話，剛剛一抖一抖的幾乎要合縫，卻又向外聳，畫成瓜子模樣了。

阿Q正羞愧自己畫得不圓，那人卻不計較，早已掣了紙筆去，許多人又將他第二次抓進柵欄門。

阿Q伏下去，
使盡了平生
的力畫圓圈

他第二次進了柵欄，倒也並不十分懊惱。他以為人生天地之間，大約本來有時要抓進抓出，有時要在紙上畫圓圈的，惟有圈而不圓，卻是他「行狀」上的一個污點。但不多時也就釋然了，他想：孫子才畫得很圓的圓圈呢！於是他睡著了。

然而這一夜，舉人老爺反而不能睡：他和把總嘔了氣了。舉人老爺主張第一要追贓，把總主張第一要示眾。把總近來很不將舉人老爺放在眼裡了，拍案打凳的說道：「懲一儆百！你看，我做革命黨還不上二十天，搶案就是十幾件，全不破案，我的面子在哪裡？破了案，你又來迂。不成！這是我管的！」舉人老爺窘急了，然而還堅持，說是倘若不追贓，他便立刻辭了幫辦民政的職務。而把總卻道：「請便罷！」於是舉人老爺在這一夜竟沒有睡，但幸而第二天倒也沒有辭。

阿Q第三次抓出柵欄門的時候，便是舉人老爺睡不著的那一夜的明天的上午了。他到了大堂，上面還坐著照例的光頭老頭子；阿Q也照例的下了跪。

老頭子很和氣的問道：「你還有什麼話麼？」

阿Q一想，沒有話，便回答說：「沒有。」

許多長衫和短衫人物忽然給他穿上一件洋布的白背心，上面有些黑字。阿Q很氣苦：因為這很像是帶孝，而帶孝是晦氣的。然而同時他的兩手反縛了，同時又被一直抓出衙門外去了。

阿Q被抬上了一輛沒有篷的車，幾個短衣人物也和他同坐在一處。這車立刻走動了，前面是一班背著洋炮的兵們和團丁，兩旁是許多張著嘴的看客，後面怎樣，阿Q沒有見。但他突然覺到了：這豈不是去殺頭麼？他一急，兩跟發黑，耳朵裡嗡的一聲，似乎發昏了。然而他又沒有全發昏，有時

阿Q很氣苦，
因為這很
像是帶孝，

雖然著急，有時卻也泰然；他意思之間，似乎覺得人生天地間，大約本來有時也未免要殺頭的。

他還認得路，於是有些詫異了：怎麼不向著法場走呢？他不知道這是在遊街，在示眾。但即使知道也一樣，他不過便以為人生天地間，大約本來有時也未免要遊街，要示眾罷了。

他省悟了，這是繞到法場去的路，這一定是「嚓」的去殺頭。他惘惘的向左右看，全跟著螞蟻似的人，而在無意中，卻在路旁的人叢中發見了一個吳媽。很久違，伊原來在城裡做工了。阿Q忽然很羞愧自己沒志氣：竟沒有唱幾句戲。他的思想彷彿旋風似的在腦裡一迴旋：《小孤孀上墳》欠堂皇，《龍虎鬥》裡的「悔不該……」也太乏，還是「手執鋼鞭將你打」罷。他同時想將手一揚，才記得這兩手原來都捆著，於是「手執鋼鞭」也不唱了。

「過了二十年又是一個……」阿Q在百忙中，「無師自通」的說出半句從來不說的話。

「好！！！」從人叢裡，便發出豺狼的嗥叫一般的聲音來。

車子不住的前行，阿Q在喝彩聲中，輪轉眼睛去看吳媽，似乎伊一向並沒有見他，卻只是出神的看著兵們背上的洋炮。

阿Q於是再看那些喝彩的人們。

這剎那中，他的思想又彷彿旋風似的在腦裡迴旋了。四年之前，他曾在山腳下遇見一隻餓狼，永是不近不遠的跟定他，要吃他的肉。他那時嚇得幾乎要恐，幸而手裡有一柄斫柴刀，才得仗這壯了膽，支持到未莊；可是永遠記得那狼眼睛，又凶又怯，閃閃的像兩顆鬼火，似乎遠遠的來穿透了他的皮肉。而這回他又看見從來沒有見過的更可怕的眼睛了，

「過了二千年
又是一個……」

又鈍又鋒利，不但已經咀嚼了他的話，並且還要咀嚼他皮肉以外的東西，永是不遠不近的跟他走。

這些眼睛們似乎連成一氣，已經在那裡咬他的靈魂。

「救命……」

然而阿Q沒有說。他早就兩眼發黑，耳朵裡嗡的一聲，覺得全身彷彿微塵似的迸散了。

至於當時的影響，最大的倒反在舉人老爺，因為終於沒有追贓，他全家都號咷了。其次是趙府，非特秀才因為上城去報官，被不好的革命黨剪了辮子，而且又破費了二十千的賞錢，所以全家也號咷了。從這一天以來，他們便漸漸的都發生了遺老的氣味。

至於輿論，在未莊是無異議，自然都說阿Q壞，被槍斃

（漸漸的都發生了遺老的氣味）懷戀昔日的心情。

——對日譯本《阿Q正傳》的校釋

覺得全身彷彿微塵似地迸散了。

便是他的壞的證據；不壞又何至於被槍斃呢？而城裡的輿論卻不佳，他們多半不滿足，以為槍斃並無殺頭這般好看；而且那是怎樣的一個可笑的死囚呵，遊了那麼久的街，竟沒有唱一句戲：他們白跟一趟了。

一九二一年十二月

《阿Q正傳》分析

佚名

阿Q沒有固定的職業，割麥便割麥，舂米便舂米，撐船便撐船；只給人家做短工，是個雇農。有人說他「真能做！」他很喜歡。他在趙太爺家裏做工的日子，吃過晚飯之後，還要赤著膊在油燈下舂米。他能夠勞動，也很肯勞動。可是他，不但沒有土地，連房屋也沒有一間。他住在土穀祠裏；所謂住廟頭，是當時一般人認為最要不得的。他的勞動的果實被地主剝削去了。地主的幫兇地保也剝削他，使他押掉氈帽棉被；破布衫被趙太爺家沒收，又因為失業、飢餓，賣掉了破棉襖，終於弄得只剩了一條萬不可脫的褲子。

阿Q生長在辛亥革命以前，正當中國受到帝國主義嚴重的侵略，封建階級加緊剝削農民的時候。所謂未莊，可以說是半封建半殖民地裏農村的代名詞。阿Q不但在經濟上被殘酷地剝削，還在社會上受到無情的壓迫。當趙太爺的兒子進了秀才鑼聲鏜鏜的報到村裏的時候，他手舞足蹈，說這於他也很光采，因為他和趙太爺原來是本家。可是趙太爺給了他一個嘴巴，用勢利的口氣這樣說，「我怎麼會有你這樣的本家？……你哪裏配姓趙！」

阿Q沒有受教育的權利；未莊的人都不關心他。忙碌的時候記起他來，為的只是要他做工，他連自己的姓名都不會寫。他的名字是阿桂，還是阿貴，也是弄不清楚。只有一個阿字可靠；這也不是他特有的。他是被壓迫在最下層的一個。

阿Q這種生活是痛苦的；因此他常常喝黃酒，也常常趕賭場；要想在沉醉中逍遙一下，把希望寄托在賭博上。他又

中了封建觀念的毒。因此，他身上就有了許多缺點。

阿Q以為：凡尼姑，一定與和尚私通；一個女人在外面走，一定想引誘野男人；一男一女在那裏講話，一定要有勾當了。——這是「阿Q學說」。

阿Q有著妄自尊大的缺點：他在同別人口角的時候，會瞪著眼睛說，「我們先前——比你闊的多啦！你算是什麼東西！」所有未莊的居民，全不在他眼睛裏，他想：「我的兒子會闊得多啦！」他看不起城裏人，因為城裏人把他和未莊人都叫做長凳的凳子叫做條凳，他想：「這是錯的，可笑！」油煎大頭魚，未莊都加上半寸長的蔥葉，城裏卻加上切細的蔥絲，他想：「這也是錯的，可笑！」

自相矛盾：阿Q看不起城裏人；又以為一般的未莊人可笑，他們還沒有見過城裏的煎魚。他先動手打王鬍一拳。在被王鬍扭住了辮子，要撞到牆上去碰頭的時候，他卻歪著頭說：「君子動口不動手！」

好像阿Q認定自己不是君子，卻要求王鬍做君子。關於「長凳」「條凳」，「蔥葉」「蔥絲」，魯迅先生一九三四年在「答『戲』周刊編者信」裏說：「中國人幾乎都是愛護故鄉，奚落別處的大英雄，阿Q也很有這脾氣。」

「阿Q又有欺善怕惡的缺點：他走近靜修庵小尼姑的身旁，就突然伸出手去摩著她的頭皮獃笑著說：「禿兒！快回去，和尚等著你。」而且扭她的面頰。他見了又瘦又乏的小D就罵他「畜生！」小D說：「我是蟲豸，好麼？」阿Q還是撲上去，伸手拔住小D的辮子。可是錢太爺的大兒子，拿著一支黃漆的棍子大踏步地向他走來，阿Q知道大約要打了，只是「趕緊抽緊筋骨，聳了肩膀等候著。」拍地打了之後，他也只是指著近旁的一個孩子，分辯說，「我說他！」秀才用一支大竹杠蓬地打了他，又向他劈下來，他只是用兩手去抱頭。趙太爺握著一支大竹杠向他奔來，他也只是逃走的。

可是阿Q還有更大的缺點，就是「精神勝利法」。「阿Q在形式上打敗了，被人揪住黃辮子，在壁上碰了四五個響頭，閑人這才心滿意足的得勝的走了，阿Q站了一刻，心裏想，『我總算被兒子打了，現在的世界真不像樣……』於是也心滿意足的得勝地走了。」後來閑人知道了他這種精神勝利法，在揪住他黃辮子的時候，就先一著對他說，「阿Q，這不是兒子打老子，是人打畜生。自己說，人打畜生！」阿Q兩隻手都捏住了自己的辮根，歪著頭，說：「打蟲豸，好不好？我是蟲豸——還不放麼？」閑人並不放，仍舊在就近什麼地方給他碰了五六個響頭，這才心滿意足的得勝地走了，他以為阿Q這回可遭了瘟。然而不到十秒點，阿Q也心滿意足的得勝地走了，他覺得他是第一個能夠自輕自賤的人，除了「自輕自賤」不算外，餘下的就是「第一個」。狀元也是「第一個」。

阿Q在賭場上押牌賽，贏了一堆洋錢，被人搶去，又挨

了打，感到失敗的苦痛了。「但他立刻轉敗為勝了。他擎起右手，用力的在自己臉上連打了兩個嘴巴，熱剌剌的有些痛；打完之後，便心平氣和起來，似乎打的是自己，被打的是別一個自己，不久也就彷彿是自己打了別個一般，——雖然還有些熱剌剌，——心滿意足的得勝地躺下了。」

阿Q的頭皮上有個癩瘡疤，因此他諱說「癩」以及一切近於「癩」的音。後來，連「燈」「燭」都諱了。一犯諱，不問有心與無心，阿Q便全疤通紅的發怒起來，估量了對手，口訥的他便罵，氣力小的他便打；然而不知怎麼一回事，總還是阿Q吃虧的時候多，於是他漸漸的變換了方針，大抵改為怒目而視了。阿Q的怒目主義，是他精神勝利法的開始；也可以說是精神勝利法的一種。

阿Q和小D，互相拔住辮子，四隻手拔著兩顆頭，勢均力敵地鬥了約半點鐘之久，不分勝負。他們同時退開，都擠出人叢去。

「記著罷，媽媽的……」阿Q回過頭去說。意思是不甘休，總要收拾對方。明明是不能取得勝利；卻要憑空來這樣恐嚇一下。這也可以說是精神勝利法的一種。

吃了人家的虧，被污辱了，不知道實行報復，不想戰勝敵人，受了迫害，不反抵，不掙扎，卻用精神勝利法來聊以自解，聊以自慰；實在是自欺欺人。

阿Q還有個同樣的缺點，就是容易忘記仇恨。他被閑人揪住黃辮子，迫他承認兒子、畜生；他自己說是蟲豸。「我是蟲豸——還不放麼？」閑人仍舊在就近什麼地方給他碰了五六個響頭。這不是一件小事情，可是不到十秒鐘的時候，阿Q就忘記了這仇恨。有了精神上應該痛苦的事情，用很快的忘記來逃避這種痛苦。阿Q在賭攤上給人搶去洋錢又挨打以後，感到失敗的痛苦了。但他立刻轉敗為勝了。

容易忘記仇恨和精神勝利法有著密切的聯繫，阿Q這種缺點是非常嚴重的。

阿Q又有奴隸性的缺點：他被捕以後，「到得大堂，上面坐著一個滿頭剃得精光的老頭子。……都是一臉橫肉，怒目而視的看他；他便知道這人一定有些來歷，膝關節立刻自然而然的寬鬆，便跪了下去了。」叫他「站著說！不要跪！」「但總覺得站不住，身不由己的蹲了下去，而且終於趁勢改為跪下了。」

阿Q的缺點，好像可以從兩個方面來說：一方面由於直接被封建階層迫害得麻木了而產生的；還有一方面是間接受了封建階層統治者的影響的結果，像精神勝利法和容易忘記仇恨，封建階層統治者是比阿Q更嚴重的。這是因為許多年以來，屢次受到外來的侵害，——且不說遠的，只是鴉片戰爭以後，我國被帝國主義多方侵略，也是夠受的了。封建階層統治者不能實行正面抵抗外侮，逃避應有的責任，就趕快忘記，用精神勝利法來聊以自解，聊以自慰。

魯迅先生曾經從歷史上指出例子來；他在「忽然想到」

上說，「這些人是一類，都是伶俐人，也都明白，中國雖完，自己的精神是不會苦的，——因為都能變出合適的態度來。倘有不信，請看清朝的漢人所做的頌揚武功的文章上，開口『大兵』，閉口『我軍』，你能料得到被這『大兵』、『我軍』所敗的就是漢人麼？……這一流人是永遠勝利的。」（《華蓋集》）

他在「諺語」上說，「專制者的反面就是奴才，有權時無所不為，失勢時奴性十足。孫皓是特等的暴君，但降晉之後，簡直像一個幫閑；宋徽宗在位時不可一世，而被虜後偏會含垢忍辱。做主子時以一切別人為奴才，則有了主子，一定以奴才自命。」（《南腔北調集》）

魯迅先生也曾在口頭上慨嘆著說，「慣於奴隸於人的總也要奴隸人；慣於奴隸人的總也會奴隸於人。」

他在《病後雜談》上說，「其實，『君子遠庖廚』也就是自欺欺人的辦法：君子非吃牛肉不可，然而他慈悲，不忍

見牛臨死的觳觫，於是走開，等到燒成牛排，然後慢慢地來咀嚼。牛排是決不會觳觫的了，也就和慈悲不再有衝突，於是他心安理得，天趣盎然。」（《且介亭雜文》）

由於千百年形成的積習，這種缺點，各階層都受到了影響；貧雇農也受到了影響，阿Q是個受了這種影響的典型人物。——這樣，就成了所謂「阿Q哲學」，或者叫做「阿Q思想」。魯迅先生為著促使大家注意，在《阿Q正傳》上突出地揭露了阿Q思想。這也因為他重視農民問題，熱愛農村中的廣大人民，為著他們有了這種缺點而焦急，所以寫得很緊張，顯得很激烈。

可是這兩方面，無論是直接的和間接的，產生這種缺點的主要原因，實在只有一個，就是受了封建思想的毒害。

阿Q被剝削，受壓迫。他的品質，基本上是好的；他要反抗，想革命，可是他在重重的剝削和壓迫下，中了封建思想的毒素，精神上已經麻痹。他還沒有失掉自尊心，可是戰

不勝實現的迫害；他在主觀上不甘心屈服，想逃避痛苦，這就造成了他的「健忘」，也就是使他慣於採用「精神勝利法」的原因了。

阿Q，因為腦子裏存著封建禮教概念，所以注意「男女之大防」，要去「懲戒」小尼姑。阿Q有著自尊心，可是現實不允許他真正做到自尊，這就造成了他的「妄自尊大」。他敵不過惡人，懷恨在心，有時就到善良的人裏去報復，這就造成了他的「欺善怕惡」。因此他常常弄得自相矛盾，也就不免現出奴隸相來。由此可見，阿Q的種種缺點並不是並列的；這些缺點是從一個基本的缺點產生的。他的基本缺點就是受了封建主義毒害的「精神勝利法」。精神勝利法使阿Q忘記仇恨，不知道報復；使阿Q妄自尊大，欺善怕惡。這種精神勝利法是由封建毒害所養成的，所以跟封建禮教結合在一起，要分別「男女之大防」了。

由於封建思想的毒害，阿Q身上存在著這樣多的缺點。

阿Q是個典型人物，由此可見當時我國廣大人民被封建思想毒害得多麼厲害。魯迅先生把《阿Q正傳》寫得這樣深刻，可見他對於封建思想毒害痛恨得深切，所以他反對封建是這樣猛烈的。

阿Q思想，當時的確是普遍存在的。《阿Q正傳》九章，在《北京晨報》副刊上發表，署名巴人，每星期一次，登一章，九星期才登完。記得還只登載到約一半的時候，就有人在上海發表文字，說是阿Q，雖然不一定真有這個人，可是到處有著阿Q，每個人的身上都多少有點阿Q氣味。在北京有高一涵在《現代評論》上說，「當『阿Q正傳』一章一章陸續發表的時候，有許多人都慄慄危懼，恐怕以後要罵到他的頭上。並且有一位朋友當我面說，昨日『阿Q正傳』上某一段彷彿就是罵他自己，因此便猜疑『阿Q正傳』是某人作的。何以呢？因為只有某人知道他這一段私事。……等到他打聽出『阿Q正傳』的作者姓名的時候，他才知道他和作者

素不相識。」

魯迅先生在「答『戲』周刊編者信」上說，「古今文壇消息家，往往以為有些小說的根本是在報私仇，所以一定要穿鑿書上的誰，就是實際上的誰。為免除這些才子學者們的白費心思，另生枝節起見，我就用『趙太爺』，『錢太爺』，是『百家姓』上最初的兩個字。……並非我怕得罪人，目的是在消滅各種無聊的副作用，使作品的力量較能集中，發揮得更強烈。果戈理作『巡按使』（即『欽差大臣』——引用者注），使演員直接對看客道：『你們在笑自己！』……我的方法是在使讀者摸不著在寫自己以外的誰，一下子就推委掉，變成旁觀者，而疑心到像是寫自己，又像是寫一切人，由此開出反省的道路。」（《且介亭雜文》）

魯迅先生在《俄文譯本阿Q正傳序》上說，「我雖然已經試做，但終於自己還不能很有把握，我是否真能夠寫出一個現代的我們國人的靈魂來。」又說，「我雖然竭力想摸索

人們的靈魂，但時時總自憾有些隔膜。……我也只得依了自己的覺察孤寂地姑且將這些寫出，作為在我的眼裏所經過的中國的人生。」（《集外集》）

從這種恐怕寫得不夠準確的語氣，可見魯迅先生寫《阿Q正傳》，是在盡量忠實於客觀現實的反映，按照當時的實際情況來寫的。

魯迅先生在《阿Q正傳的成因》上說，「阿Q的影像，在我心田中似乎確已有了好幾年。」（《華蓋集續編》）

由此可見，魯迅先生寫《阿Q正傳》，考慮得仔細周到，不是隨隨便便的。他在《阿Q正傳》上寫的並非只是一些現象；阿Q的確是當時的「中國的人生」的本質。他不但刻劃出了阿Q是怎麼樣的，同時也探索出來了阿Q為什麼是這樣的原因。

像阿Q被剝削、壓迫得這樣厲害的人，本來是早應該想革命的了。但他又被統治階級愚弄著。魯迅先生對於這一

點，在《阿Q正傳》上這樣寫著：「阿Q的耳朵裏，本來早聽到過革命黨這一句話，今年又親眼見過殺掉革命黨。但他有一種不知從那裏來的意見，以為革命便是造反，造反便是與他為難，所以一向是『深惡而痛絕之』的。」——這明明是從統治階級受來的影響。

革命——造反，的確是同統治階層為難而使他們深惡痛絕之的。這裏所謂「不知從那裏來的意見」，除掉被統治階層直接欺騙以外，還間接從旁邊的人受到影響，因為廣大的群眾都被統治階層欺騙愚弄著，究竟從那來，已經難以明確指出，

所以這樣說。從這一點，也可見統治階層歪曲宣傳欺騙人民手段的惡毒了。

當被「假洋鬼子」用哭喪棒拍拍地打了之後，「在阿Q的記憶上，這大約要算是生平第二件的屈辱。幸而拍拍的響了之後，於阿Q似乎完結了一件事，反而倒覺得輕鬆些。」

接著，魯迅先生是這樣寫的：「而且『忘卻』這一件祖傳的寶貝也發生了效力，他慢慢的走，將到酒店門口，早已有些高興了。」

這裏的「寶貝」是反話。「祖傳」兩字，突出地說明了「容易忘記仇恨」這個嚴重的缺點，並不是阿Q一個人獨有的，也不是當時的一般人才有的；而是祖上已經這個樣子，阿Q受了影響，也就這個樣子罷了。

在這裏，我們可以體會到，魯迅先生在《阿Q正傳》上暴露了許多當時國民性的缺點：精神勝利法，容易忘記仇恨和其他阿Q思想。

魯迅先生在《狂人日記》上已經揭露了當時國民性的缺點。他寫《阿Q正傳》在寫《一件小事》以後，就是已經掌握了自我批評的武器以後。他在《阿Q正傳》上對國民性進行嚴格的深刻的批判。當時一般人都是以為「家醜不可外揚」的，魯迅先生卻大膽地暴露了當時國民性的缺點，因為

他熱愛自己的民族；認清楚了我們的民族基本上實在是很好的，只是有了些缺點，只要去掉這些缺點就好，而且這種缺點是可以去掉的，去掉的辦法，首先把這些缺點指出來使人注意，所以他通過《阿Q正傳》，盡情地揭露缺點，大聲疾呼地要大家注意謀改革。

記得《阿Q正傳》發表時，在一些熟人當中，時常這樣互相勉勵：「你這樣，不是做了阿Q麼！」「啊呀！我又幾乎做了阿Q了！」《阿Q正傳》使人提高警惕，教育的作用委實是大的。

照魯迅先生口頭說的，他寫《阿Q正傳》，原想通過阿Q的形象，指出各種各樣的壞習慣和壞脾氣來；阿Q是個壞習慣壞脾氣多的典型人物。他和我們一道在街上走走，或者在什麼地方閒談時，他常常聯繫著聞見到或者提到的不好現象說：「這就是『阿Q正傳』上的……」《阿Q正傳》固然是挖掘得深的，也的確是概括得廣的。

可是阿Q是個雇農。他有忠厚、樸實的地方。他被殘酷地剝削，無情地壓迫；迫害他的一群，趙太爺、錢太爺、舉人老爺、秀才、把總，這批地主階層的統治者都是窮兇極惡的壞蛋。

趙太爺家裏，吃了晚飯，還要阿Q舂米。因為阿Q向吳媽求愛，借冂阿Q「造反」，就把阿Q應得的工資扣住，連破布衫都不還他；還要他用香燭去磕頭謝罪，並且訂立條約：「阿Q從此不准踏進趙府的門檻。……」這樣毫無人情地對待阿Q；毫無人心地迫得阿Q陷於凍餓。後來知道阿Q有贓物出賣，為著貪便宜，就托鄒七嫂去尋找阿Q；「而且為此新闢了第三種的例外：這晚上也姑且特准點油燈。」「趙太太還怕他因為春天的條件不敢來，而趙太爺以為不足慮；因為這是『我』去叫他的。」地主階層的臭架子是十足的。

「阿Q，聽說你在外面發財，……那很好，那很好的。

這個……聽說你有些舊東西，……可以都拿來看一看，……這並不是別的，因為我倒要……」

阿Q要革命以後，趙太爺就不敢再叫他阿Q，表示親暱地把阿字換作老字，怯怯地叫他「老Q」。把總殺阿Q，「懲一儆百」，為的是給他做「面子」。舉人老爺是還想向阿Q追贓的。個個自私自利，醜態十足；真的都是無恥之極的。

趙秀才，「一知道革命黨已在夜間進城，便將辮子盤在頂上，一早去拜訪那歷來也不相能的錢洋鬼子。這是『咸與維新』的時候了，所以他們便談得很投機，立刻成了情投意合的同志，也相約去革命。」所謂「咸與維新」，其實不過是投機；無怪他們想而又想以後，只是到靜修庵去打碎一塊「皇帝萬歲萬萬歲」的龍牌，把老尼姑當作清朝政府，給了她不少的棍子和栗鑿，又拿走觀音娘娘座前的一個宣德爐。

「錢洋鬼子，」白著眼睛說大話，「洪哥！……他卻總

說道No！——這是洋話。……他再三再四的請我上湖北，我還沒有肯。」因為辛亥革命，十月十日在湖明北武昌起義是用了黎元洪的名義的，所以他這樣地說大話。由於「咸與維新」，「知縣大老爺還是原官，不過改稱了什麼，而且舉人老爺也做了什麼……帶兵的也還是先前的老把總。」到了阿Q槍斃以後，舉人老爺和趙府的人，「便漸漸的都發生了遺老的氣味」。

當時地主階層對於農民的高度的剝削和壓迫，在寫阿Q關到櫳子裏去時也有附帶的反映，那比阿Q先關進櫳子的鄉下人，為的是舉人老爺要追他祖父欠下租來的陳租。

地保是地主階層的爪牙不用說。一般未莊人也是麻木得只知道盲從附和。阿Q槍斃以後，那裏的輿論無異議。「自然都說阿Q壞，被槍斃便是他的壞的證據；不壞又何至於被槍斃呢？」他們是這樣勢利刻薄的：阿Q在給趙太爺父子用大竹杠打出來以後，女人們一見他走來，「便個個躲進門裏

去。甚而至於將近五十歲的鄒七嫂，也跟著別人亂鑽，而且將十一歲的女兒都叫進去了。」許多日沒有一個人來叫他做短工。酒店也不肯賒欠了。但到阿Q從城裏回來，從腰間伸出手來，滿把是銀的和銅的時候，「掌櫃既先之以點頭，又繼之談話」了。「未莊老例，看見略有些醒目的人物，是與其慢也寧敬之」的。

阿Q被趙太爺否定姓趙，並且打了嘴巴之後，「大家也彷彿格外尊敬他。」因為「未莊通例，倘如阿七打阿八，或者李四打張三，向來本不算一件事，必須與一位名人如趙太爺者相關，這才載上他們的口碑。一上口碑，則打的既有名，被打的也就托庇有了名。至於錯在阿Q，那自然是不必說。所以者何？就因為趙太爺是不會錯的。……大家也還怕有些真，總不如尊敬一些穩當。」地主階層這樣威風，還成什麼樣子。但那封建社會裏確是這個樣子的。

阿Q的頭皮上有個癩瘡疤。他不願有人提起他這個缺

點，未莊的閑人偏喜歡借此揶揄他；迫得阿Q採用怒目主義了，便愈喜歡玩笑他。「噲，亮起來了。」「原來有保險燈在這裏！」要從別人的難堪中取樂，和孔乙己周圍的人一樣，都是只有反同情的。原來末莊和魯鎮，是同一時代同一制度的社會。

通過《阿Q正傳》，魯迅先生也指出來了當時社會上輕視女性問題的嚴重。他也用了反話說，「中國的男人，本來大半都可以做聖賢，可惜全被女人毀掉了。商是妲己鬧亡的；周是褒姒弄壞的；秦……而董卓可是的確給貂蟬害死了。」

又說，「阿Q本來也是正人，我們雖然不知道他曾蒙什麼明師指授過，但他對於『男女之大防』卻歷來非常嚴；也很有排斥異端——如小尼姑及假洋鬼子之類——的正氣。」

阿Q沒有讀書的機會，連自己的姓名都寫不來；所謂「曾蒙什麼名師指授過」，明也是由於無形中受來的影響。

魯迅先生對於阿Q，雖然因為他不覺悟，不知道振作，也是「怒其不爭」的。但同時也是「哀其不幸」的。在「生計問題」上寫著這樣的話：「有一日很溫和，微風拂拂的頗有些夏意了，阿Q卻覺得寒冷起來，」因為「棉被，帽，布衫，早已沒有了，其次就賣了棉襖。」「但這還可以擔當，第一倒是肚子餓。」「他早想在路上拾得一注錢，但至今還沒有見；他想在自己的破屋裏忽然尋到一注錢，慌張的四顧，但屋內是空虛而且了然。……他在路上走著要『求食』，看見熟識的酒店，看見熟識的饅頭，但他都走過了，不但沒有暫停，而且並不想要。他所求的不是這類東西了；他求的是什麼東西，他自己不知道。」

阿Q找不到工作；沒有錢，看著食物餓肚子，這種社會是多麼冷酷呀！

「村外多是水田，滿眼是新秧的嫩綠，夾著幾個圓形的活動的黑點，便是耕田的農夫。阿Q並不賞鑒這田家樂，卻

只是走，因為他直覺的知道這與他的『求食』之道是很遼遠的。」

對於阿Q不幸的遭遇體會得深刻；在阿Q內心細緻的描繪中，已無形地寄予了深厚的同情。

阿Q爬上了靜修庵的矮牆，「扯著何首烏藤，但泥土簌簌的掉，阿Q的腳也索索的抖……裏面真是鬱鬱蔥蔥，但似乎並沒有黃酒饅頭，以及此外可吃的之類。靠西牆是竹叢，下面許多筍，只可惜都是並未煮熟的。」

阿Q拔起四個蘿蔔，老尼姑看見了，說，「阿彌陀佛，阿Q，你怎麼跳進園裏來……偷蘿蔔！……阿呀，罪過呵，阿唷，阿彌陀佛！……」

「我什麼時候跳進你的園裏來偷蘿蔔？」阿Q且看且走的說。

「現在……這不是？」老尼姑指著他的衣兜。

「這是你的？你能叫得他答應你麼？你……」

阿Q這種無可奈何的答辯，你看了發生些什麼感想呢？你以為不這樣說，可以怎樣回答呢？難道這是阿Q願意的麼？——封建主義的惡勢力，迫得阿Q跳進靜修庵的菜園，發生這樣的一幕；這是什麼情況呀！

可是魯迅先生，對於阿Q不幸的遭遇，還有寫得更深刻，氣憤地寄予深厚同情的：「這剎那中，他的思想又彷彿旋風似的在腦裏一迴旋了。四年之前，他曾在山腳下遇見一隻餓狼，永是不近不遠的跟定他，要吃他的肉。他那時嚇得幾乎要死，幸而手裏有一柄斫柴刀，才得仗這壯了膽，支持到未莊：可是永遠記得那狼眼睛，又兇又怯，閃閃的像兩顆鬼火，似乎遠遠的穿透了他的皮肉。而這回他又看見從來沒有見過的更可怕的眼睛了，又鈍又鋒利，不但已經咀嚼了他的話，並且還要咀嚼他皮肉以外的東西，永是不遠不近的跟他走。這些眼睛們似乎連成一氣，已經在那裏咬他的靈魂。」

阿Q沒有給餓狼吃去肉，卻給人吃掉了。把總把阿Q做

了他的「面子」，麻木了的一群於無意中贊成了他這種吃人的辦法，於無形中助長了迫害阿Q的聲勢。

阿Q的死，給把總用作「懲一儆百」的材料，固然一部分的原因是他沒有職業，曾經做過小偷，在趙太爺家的搶案中，可以算作嫌疑犯。他又老實，以為要他招供的「同黨」是革命黨，不懂得陰險詭計；冤枉被殺，始終不知道究竟是怎麼一回事。但他本來是在做短工的，割麥便割麥，舂米便舂米，撐船便撐船；弄得失業做小偷，這事情很清楚，原來因為向吳媽表示了愛情。吳媽要上吊，這事情一聲張，就使得阿Q在未莊，再也找不到工作。吳媽要上吊的原因，從鄒七嫂的話中可以知道，就是腦筋中存在著所謂「正經」。——封建禮教要女子從一而終。阿Q的求愛使得吳媽害怕的原因，還可以參看《彷徨》《祝福》中柳媽對祥林嫂說的話，就是寡婦再醮，死去以後，那兩個死鬼的男人還要爭奪她，把她的身子鋸開來。迷信是地主階層統治人民的殺人的無形

的刀。阿Q想愛吳媽，吳媽無心害阿Q；可是經過「戀愛的悲劇」這一幕，阿Q投入了封建禮教的蜘蛛網，越投越緊，終於被吞沒了。像未莊的社會裏處處有著陷阱；阿Q是這樣掉下陷阱裏去的。

對於阿Q的偷靜修庵的蘿蔔和進城去做小偷，我們覺得壓迫他的黑暗勢力太殘酷，逼得能勞動肯勞動的他生活不下去。這是他反飢餓的表現。

從上面說的這些情況看來，可見魯迅先生寫《阿Q正傳》，站在廣大人民的一面，是愛憎分明的。他對於農民希望得迫切，替阿Q焦急，要督促他就是了。

魯迅先生在《阿Q正傳》全文中用了許多個「通例」、「老例」和「照例」等，在序文上也用了兩個。依照老例做事情，當然免不了保守；這是革新的障礙，卻是當時社會上普遍存在的。魯迅先生提倡革命，希望大家起來實行革命，所以對於保守特別注意，多力地加以諷刺。

諷刺也多方運用在《阿Q正傳》的本文中，常常用反話來表現，像在第八章上寫的，「只有一件可怕的事是另有幾個不好的革命黨夾在裏面搗亂，第二天便動手剪辮子。」魯迅先生在「頭髮的故事」上認定，辛亥革命以後，剪掉辮子是一樁好的事情。這裏所謂「不好」「搗亂」，從假革命的一方面說，依照庸俗的錯誤的見解，都是反說的話。又如末了，「那是怎樣的一個可笑的死囚阿，遊了那麼久的街，竟沒有唱一句戲。」這裏的可笑，在魯迅先生的感覺上是可悲可痛的，像阿Q的槍斃遊街，可笑的決不在阿Q的一方面。所以這也是反話。

還有一點要附帶說一下：有人以為當「油菜早經結子，芥菜已經開花，小白菜也很老了」的時候不會有蘿蔔；因此阿Q在靜修庵裏偷蘿蔔的一幕有問題。首先我們要看清楚，這裏「蘿蔔」上面還有個「老」字。在江浙一帶，這種時候，市場上的確很難見到蘿蔔了，但在菜地裏可能有老蘿蔔。這

有兩種原因：一，留種的；二，自種自吃的人家，吃不完剩留在那裏的。只知道坐在房子裏吃現成蘿蔔的人才以為這種時候不會有蘿蔔。而且對於文學作品有些細節的看法，是不應該太拘泥的。了解了這種文藝上的表現手法，可知老蘿蔔這一節，並不是《阿Q正傳》的瑕疵。

論《阿Q正傳》

張天翼

最初的印象

我第一次讀到《阿Q正傳》，記得是在杭州什麼地方售出的一種油印單行本。

那時候我正在杭州一個舊制中學讀書，一面又是林琴南的信徒。我不得不感激我們學校的老師；虧得他們所施的好教育，才使我成為這一個正派人。

我還記得我畢業的那所高小——一位教國文的老師盯著我們教了三年，又一直是我們的級任。他極力攻擊當時的

「新文化」。一踏進那家舊制中學，頭兩年的國文老師也是這麼一套。兼教修的校長先生也隨時告誡我們，那些新式白話文千萬不可看。

這些教育，把我在思想方面訓練成當時的一個好學生，我雖然也跑跑跳跳，但是精神方面倒的確是個小老頭。這一點是毫不辜負師長們的苦心的。

當時，那些「新文化」到底是怎麼回事，到底是什麼東西，那就可管不著，我不知道。我看都不去看它，也摸也不摸一下，那怎麼會知道呢？然而我偏生會跟著人家攻擊它，嘲笑它。我在小學裏讀了四書。雖然一點也不懂，而又要背，苦著連睡覺都睡不安，可是我認為一個小孩子應該讀這些經書。這是天經地義，有一次，我聽見我父親發的議論，我私心覺得他未免太新了，他說：

「四書不應該給小學生讀，只能給大學生、學哲學的人去研究。」

他老人家倒什麼報紙都看看。論年齡，他比我大四十歲。論思想，我可比他起碼老四十歲。

然而，我向來愛讀小說，這習慣是我在家裏養成的，在學校裏——先生在講台上講他的書，我在下面看我的舊小說，偵探小說。以及「禮拜六」之類。那時候林琴南發表一篇筆記式小說，彷彿是叫做什麼《荊生》的，把「新文化」臭罵了一通，我看了真高興。還有兩三個同學也有這個癖好。我們還寫，還向《禮拜六》等等的雜誌投稿，也用白話寫過，但絕不肯使用標點。女旁的「她」字原是訓「母」，把這字當做女性的第三人稱，當然也是異端，概在排斥之列。不瞞你說，我還寫過篇得意之作哩，那是諷刺自由戀愛，諷刺婦女解放那些邪說的。我把這些活動都瞞著我父親，為的是怕他笑我太守舊。

至於我所看的小說呢，我只模模糊糊地把它分類為兩類，一類是好小說，如《水滸》、《儒林外史》、《紅樓夢》，

以及《俠隱記》、《撒克遜劫後英雄略》、《塊肉餘生述》等等。這些使我感動，使我老記得那些人物。還有一類呢？那就是福爾摩斯偵探案之流，還有那時候《禮拜六》之類的老作家的小說，這一類——我當時自不忍公開說它不好，但總覺得有點差勁，看了不那麼過癮。

這兩類一比，似乎是今不如古，要拿這一點理由來復古，倒也還說得通的樣子。可惜，當時我連這點理由也不會找。我們極力維護的——正是我們一無所知的東西。而我們所極力反對的——也正是我們一無所知的東西。然而我們倒是中流砥柱哩！

可是之後——不記得怎麼一來，竟讀到了《阿Q正傳》。我只記得有好幾個同學讀過這一篇小說，邊讀邊在那裏發笑，這冊書到了我的手裏的時候——不用說，這是「異端」。題目也就古里古怪，而且全篇又都是那些新派頭！我對自己說：

「唔！倒要看看這是些什麼東西！」

凡是新式小說總不會好的；一定是無聊，瞎扯，不知所云。雖然我一篇也沒有看過，可是總相信自己這個判斷不會錯。

於是我讀起來。我為了極力要維護我的自尊心起見，讀的時候拼命裝出一副冷淡的樣子，表示這種小說絕不會感動我。

然而，然而我忍不住笑。而有些地方，又忍不住對一些人物憎惡，而覺著阿Q糊塗得可憐。

什麼？他竟是這麼迷住了我？——那不行！這得小心！可是，那個阿Q，竟老是在我腦子裏面留下一個影子。並還比李逵、馬二先生、史湘雲、達特安、呂貝伽、密考伯那些人還熟些。我老是記起他。我覺得認識他，好像在什麼地方見過他似的。一個癩頭，一根稀疏的黃色細辮子，給人揪住了在牆上碰響頭。「假洋鬼子」的「哭喪棒」一揚，他

那瘦伶仃的身子一躲就飛跑開去。

這些印象很深。這可使我不安。這不安，到底還是因為自己被新式小說迷住了而覺得丟面子呢！還是因為看了阿Q悲劇而不舒服，心裏就是感到慘慘的呢？這我自己也說不出。我也不大明白這篇文章裏面所含的意義，只是它深深地打動了我的情感。

一篇好的藝術作品——我們的接受它，最先大概是由我們的情感接受它的吧？我們讀完了一篇作品，常常不能用言語來講出它所含的意義，可是我們已經被感動，有所愛，有所憎，那麼，我們是已經用我們的情感接受了它的主題了。所以第一次讀《阿Q正傳》，我只會說：阿Q很可笑，又很又憐。

我這麼偷偷地問自己：

「難道，難道把這篇新式小說也歸到好小說那一類嗎？」

一下子可去不掉向來的成見。一下子可也去不掉阿Q的影子，這時候，我就只好自己想出些話來安慰安慰自己，叫自己相信沒有去面子。

但總還是說不出的不安。到後來又看了新式小說，再又把《阿Q正傳》重讀了一遍，這不安可就來得越發明顯了。

阿Q是很有成見的，他講求「男女之大防」。他反對剪辮子等等。他譏笑城裏人把「長凳」叫做「條凳」，譏笑城裏人把煎大頭魚所加的葱條RNMH切細。你要是問他：

「阿Q，你為什麼反對那些東西，要譏笑那些東西呢？」

那是白問，他連他自己都不知道。

他正是莫名其妙衛護這一些東西，也莫名其妙反對一些東西，他固執，他有他的一套道理。這些道理是怎麼回事，是哪裏來的，那他管不著，總而言之，向來如此，所以應該如此，不然就是「異端」。不錯，他對「異端」是「深惡而

痛絕之」的。

這些特性難道不可笑嗎？

可是——對不起，請你自己平心靜氣想一想，你自己有沒有這些脾氣？

其實，我們在我們的熟人中間，常常遇到一些可笑的人物：他有可笑的性格、見解、作風等等，做出一些可笑的事情來。不過我們看到這些真人真事，在當時當場並不覺得他們可笑。而一經人家在作品裏寫出來，這才發現了他那種人物的可笑。對於自己呢？那尤其是不照照鏡子，往往不自知自己的嘴臉，於是一看到人家作品裏所寫的人物，或多或少有了我自己的影子在內的話，這就——雖然也忍不住要笑，可是這裏面總不免夾雜著不安，或是帶著痛苦，或竟是老羞成怒，或是還雜著其他什麼來。

並且，我還有自尊心，因此就生怕別人讀了這篇作品之後，而竟也認清了我的嘴臉，看出了我那可笑的一面。

一個人要是不知道他自己的毛病，那他可以糊裏糊塗地很幸福。這毛病一被發覺之後，可就尷尬了，那麼他不是要醫好她，就是要忌諱她。但即使是醫治這毛病，開始總也是很苦惱，在他內心會引起一場衝突。在這時候，他常常會想出一篇藉口來安慰自己，而且生怕別人提起他的毛病，生怕別人洞悉他的內心，生怕別人展露他的靈魂。

而現在——竟被別人展露了，而使無數讀者洞悉了。

我這才明白，我的不安原來是這麼回事。

那麼阿Q這人物之所以在我腦筋裏留下那麼深的印象，不單是他的形貌，不單是他的癩和瘦而已。而是一些更深刻的東西，是他的靈魂。有一位古希臘哲學家說靈魂是一種透明的靈魂原子構成的，我們如果借用他的話來說，那就是——我的靈魂裏也有阿Q靈魂原子。

怎麼辦呢？

要是把我的阿Q病不許別人提起，也不對自己提起，當

做一個忌諱吧！——那倒恰恰是阿Q作風，阿Q諱言「癩」甚於連「亮」連「燈」也諱言。這正是害阿Q病害得更深一層了。

唉，這《阿Q正傳》真害人——把阿Q所忌諱的「癩」示了眾，這不算，還要連阿Q忌諱毛病的這毛病也拿出來示眾！叫那些害了這毛病的人竟無處藏身，無法躲躲閃閃遮掩他的真面目。

這是用笑來否定那些靈魂上的醜病，並且笑得那麼深刻，那麼有力，於是我一面在笑中帶著平安，一面開始檢查我自己身上所含有的阿Q原子——試想要把它清除出去。

我也沒有勇氣來設法安慰自己，以挽救我自己的自尊心了，那一手，不也正是阿Q的「精神勝利法」嗎？

再想起那位使我佩服的林琴南先生——他義憤填膺地寫出那篇什麼《荊生》，我讀了好幾遍，而且很合我的口味的，我對它怎麼看法呢？現在，這篇筆記式的小說，的確使

我很舒服。記得末尾出現了一個小說偉丈夫，結結實實把那些「新文化」運動的人物乾了一頓，掃滅了一個乾淨，真是大快人心。老實說，我原也巴不得真正跳出一個偉丈夫幫幫我們，因為我們自己沒有力量，可是事實上沒有這麼個人出現。事實上倒是「新文化」運動更廣泛，更普遍，國內大多數的雜誌都革新，登載新的文章，甚至連小學生也讀起白話文來了。

那位偉丈夫只是在那篇筆記式小說裏出了世，只是那位作者軟弱無力，無法取勝，就空想出這麼個人物，寫出來泄泄憤，也當做打了敵人幾個耳光，聊且快意的，換一句話說，那實在也是一種——是一種「精神勝利法」。

還有呢？林琴南先生似乎也說過古文的妙處——是知其然而不知其所以然的，而阿Q——不幸得很，阿Q也正是「不知其所以然」地有許多成見，排斥異端。

唉！請你替我設想一下，我發見了我所尊敬的一師竟是

一個阿Q，我心裏夠多難受！

但還有更糟糕的呢！那是想到自己，那位大師雖「不知其所以然」，到底可也「知其然」，而我呢？他的信徒呢？不瞞你說，那可就連那麼一點兒「然」都也不「知」，我只是聽了他那樣人說了那樣的話，就相信那是天經地義，向來如此，就所以應該如此，恰好像阿Q那麼糊裏糊塗的過話。那麼那我跟林琴南先生一比，我倒更像阿Q些，而他們倒反而近乎趙太爺之流了。趙太爺們之衛護一些東西，反對一些東西，總比阿Q「知其然」得多，而且「趙太爺是不會錯的」。

我還記得高小裏面那位級任老師，這家中學的校長先生，他們都像趙太爺，他們把一部未莊文化塞給我們，要把我們年輕小夥子都訓練成小阿Q。

唉！這樣想法未免太殘忍了一點。

我所佩服的大師們，以及我所受他們薰陶的老師們——

如果只覺得他們像阿Q，那充其量也不過是說他們可笑而已，並且多少還令人憐憫。可是，要說他們更近於趙太爺型，那他們連這點憐憫也不配收受，而只是易之以憎惡和憤怒罷了。

然而，沒有辦法，我禁不住要這麼想。我一下說不出理由來，不過我總是有這樣的感覺，而且這感覺越來越分明：我越覺得我自己像阿Q，就像覺得他們像趙太爺之流。

那麼這很明白：我如果要不再像阿Q那樣糊裏糊塗做人，我只有從未莊文化的圈子裏跳出去，不再懷著我不知其然的那些成見，並且要不再自欺自的想出些話來安慰自己，而勇於正視自己的毛病！

「阿Q之成為阿Q，就是不能從他的糊塗和怯弱中自拔。」我想。

就這麼著，阿Q給我的印象越深，我就越看得清我自己身上這些阿Q病。同時也就越容易發現到別人身上的阿Q

性。

別人讀這篇作品的時候，有沒有照見他自己的心，而照見了又是怎麼樣一個心情，我可不知道。至於我，我可感到很苦惱，覺得哭也不是，笑也不是，我討厭我自身上那些阿Q靈魂原子，這好像雞眼一樣那麼麻煩。我要割掉它。這當然會要引起我自身內部衝突的，要受一些痛楚的。……

可是，情願忍受。

總之，不要做阿Q！

也只有這樣，我才能漸漸從不安之中解脫，才能在對阿Q的笑裏面不復帶著苦味羞恥，只能夠放聲一笑。

於是我想，我們大家也都是這樣的：我們大家要是能夠對著阿Q放聲笑去，而內心毫無所愧，那才可以證明我們自身是健康的。

於是我想，這樣的笑——正是那位藝術家在創造那典型所熱烈地期望的吧。

我這麼相信：要是一位藝術家不懷著這樣大的熱情，要是他對人生冷漠，無所善惡，無所愛惜，並不想來洗滌我們的靈魂的話，那他一定寫不出這樣的作品來。

阿Q的命運

可憐的阿Q，自從你被創造出來，你就一直被我們大家笑著。

老實說，這決不是一種看得起你的笑。剛剛是相反：這笑——倒是帶著諷刺、帶著輕蔑的。有時甚至還帶幾分憎惡。你在調戲靜修庵的小尼姑的時候，酒店裏的人能夠賞識你的勛業而笑，可是我們辦不到，我們只能一面笑你，一面又非常討厭你。

而看到你做人處處失敗了，這又使我們在笑裏面帶著眼淚。我們同情你，可憐你，可是你偏偏自以為你是勝利者，於是你更可笑，而我們對你的憐憫——雖然是隱藏在笑裏面

的，倒是更深厚了些，更深進到我們的心底裏了。

你也許會很詫異：什麼呀！——憐憫？同情？這是些什麼玩意兒？

不錯，這些——你是從來沒有接受過的。你在世的時候，你從來沒有得到絲毫人與人在相接觸的那些溫暖過。

雖然有人誇過你，說你「真能做」，即使這就算是一句正經話，那也只是說你對他們有用處，只是把你當做又會割麥，又會舂米，又會撐船的一個活行頭，並不是把你當做有血肉，有靈魂的「人」來同情你。而這句話倒使你很高興，你周圍的人能給你的高興，至多也不過是這一類罷了！

那麼，我們對你的憐憫，在你當然是完全生疏的東西。不但生疏，大概還會使你不高興吧，因為你原是自以為處處勝利的，而現在我們竟對這勝利者加以憐憫，這不是明明給你這勝利者一個侮辱嗎？

我們知道你，你模裏模糊地在找出路，想要闊氣起來，

想要做一個末莊出人頭地的角色。你要是真到了那一個地步，而又是照你阿Q那樣做人法，那麼你就也許一點都不可憐，倒是可憎恨了。

然而沒有法子，你巴不得我們能夠不憐憫你只憎恨你，可是你竟沒有交那鴻運。

真的，現在我們並不恨你，也沒有誰對你憤怒，因為你不配。

你有那一套阿Q見解。你深惡「假洋鬼子」及其洋服及「哭喪棒」。你對於「男女的大防」向來非常嚴，認為一個女人在外面走，一定是要勾引野男人。你剛一聽說革命黨，就以為那是造反，造反就是與你為難。總而言之，你為什麼要堅持這些見解呢？

那你自己不知道，你自己說不出什麼理由。

縱使你「先前闊」，可是你總沒有進過書房。要是你先前闊得和趙府上一樣，你竟也讀了書，能夠有茂才相公那樣

博雅的話，那就可以把你的阿Q見解裝潢起來了。

假如是那樣的話，那麼你的深惡「假洋鬼子」，你的講求「男女之大防」，你的反對「革命黨」，你都有一篇大道理好說，說的未莊人都肅然起敬，而你後來的鬧戀愛，後來的居然「投革命黨」，居然也跟「假洋鬼子」合作，你照樣也都有一篇大道理好說，說的未莊人都肅然起敬。

不過，這麼一來，你對你那些見解的堅持方式，也就不成其為阿Q的堅持方式了。

你可不會幹那一套，你全沒有管這些阿Q見解對於你阿Q到底相稱不相稱，到底有沒有什麼矛盾。你幹得很天真。你不是替你自己打算，也不會替自己辯護，你的「正氣」真是為正氣而正氣。

從這一點說來，我們就覺得你實在可笑，可厭、可憐之餘，還似乎覺得你多少總還有點可愛。因為你的這種幹法，是出於你的純真，毫沒有什麼利害打算。

誰也不來怪你，你那些阿Q見解原來是你自己創造出來的東西，絕不是你阿Q自己的所有物，這只是未莊文化把你教育成這個樣子。宋莊文化薰陶你，影響你，灌輸你許多見解，教你去痛惡剪辮子，痛惡革命黨，而對於那些外面走的女人，對那些跟男子講話的女人，大聲說幾句「誅心」話以當懲治。至於為什麼一定要把一切革新都斥為異端，而深惡痛絕之，這才叫做「正氣」呢？——這個問題不該拿來問你阿Q，只應該去請教趙太爺他們。

趙太爺他們是未莊的頭等人物。他們是未莊文化的支持者，傳道者，甚至於又是創造者，未莊文化也是趙太爺文化，這套文化對於趙太爺他們很有用，也像神話之對於僧侶很有用一樣，這一點，趙太爺他們自己有沒有發覺，那我不知道，總之是這套神話對他們很有用處。他們就把這一套東西來造好一個文化搖籃，讓你在這搖籃裏長大成人。

於是你所衛護的，正是趙太爺他們所要衛護的。你所要

排斥的正是趙太爺他們所要排斥的。真是，你想想看，假如他們不用這些未莊文化來培養你們未莊小腳色，而隨你們去接受「異端」，那麼，趙府在未莊就不能有那種氣派了。

然而，你莫明所以。這樣，你在這一方面，也就僅僅是成了一個行頭——一個支持趙太爺文化的行頭，並不屬於你自己的一個「人」。

你或者以為人生於天地之間，大約本來也要替人做行頭的吧，但你這樣的命運，究竟是怎樣造成的呢？

我不打算跟你談什麼哲學的問題，只就你的「行狀」來說吧！

自從你進過城，在城裏欣賞過人家的殺頭藝術之後，你就讚美得了不得。「咳，好看，殺革命黨。唉，好看好看……」你從來沒有被別人把你當做一個「人」看過，你不知道世界上還有同情這東西。你也就失去了人性，接受了那「看殺頭」的文化，幸災樂禍，以人對人所施的殘忍行為為

快。可是你到底是藐小的，你頂多只能夠用右手在王胡脖子上「嚓」地直劈下去。你可不能真的殺人，真的去創造那種殺頭術。

能夠創造那種殺頭藝術的，是趙太爺舉人他們。要是沒有他們去創造，你就壓跟兒無從「好看」起了。

而結果來了一個「大團圓」。你終於做了殺頭藝術的祭品。你是喜歡看人殺人頭的，這回輪到別人看殺你的頭了，你這才記起你四年前在山腳下看見過的狼眼睛，而現在的人眼睛比狼眼睛更可怕，你「看見你從來沒有見過的更可怕的眼睛」——使你什麼也說不出，並且還要吃你皮肉以外的東西。他們似乎聯成一氣，已經在那裏咬你的靈魂。

這些可怕的眼睛，不正是殺頭文化裏哺養出來的嗎？你不也有過這麼一雙眼睛麼？

唉！只有在你自己做了他們的祭品的時候，你這才想起——大概是你生平第一次吧——想起了「生命」，你叫：

救命，……

可是遲了，唉，阿Q，遲了！

你的命運，你的所以失敗。也同是這樣的。你在未莊生活裏熬煉成你這麼一個阿Q，你身上裝滿了趙太爺的未莊文化，而結果，你做了他的犧牲品。

在未莊你僅是一個打打流，做做零工的小腳色，你是一個弱小者，而且是孤零零生活著，沒有一個朋友，也沒有一個親人，沒有一個人來幫助你，沒有一個人來將心比心的替你想想。人家只是看你「真會做」，這就用得著你時要你，用不著你時就把你一腳踢開。人家高興時就對你惡作劇，不高興時候就凌辱你。你不知道世界上還有第二種生活。你不知道世界上還有兄弟朋友的情誼這東西。你只認識大地間天地間有一種趙太爺之流的上人，那是最強者！還有一種小尼姑之類的下人，那是最弱者。而強者當然是應該支配弱者，欺壓弱者，當然是應該給弱者一點苦頭吃吃的，因為未莊向

來是這樣，所以也就理該這樣，這是天經地義，要是趙太爺忽然體貼你起來，你倒反而會不舒服，會看他不起，而且認為他顛倒了是非黑白，而視之為「異端」而排斥他了。

就這麼著，趙府上要你來舂米，一直舂到點燈的時候，你毫無不平。趙府因為你調戲吳媽，藉此不給你工錢，還扣下你的布，你也不爭半句，趙太爺和秀才拿大棒打你，用官話罵你做「忘八蛋」，你也完全忍受著。地保兩次問你討了酒錢，你也乖乖地把你最後的財產孝敬他。

還有，甚至趙太爺不准你姓趙，致使你一輩子沒有一個姓氏。你也不抗辯，也絲毫不怎麼樣。

看重姓氏，這原是趙太爺的末莊文化中很重要的一項。你的攀同宗，倒其實是這一項精神的表現和發揚，然而也只有趙太爺他們才配看重他們的姓氏。至於你呢？你可連姓氏都不配有。

這簡直是趙太爺末莊文化裏面的一個矛盾。

可是，「你姓趙嗎？」——你不開口，你還忍受了趙太爺親手給的一個嘴巴。

像趙太爺那像的人物，可用種種來對待你阿Q這樣的人物，你是無話可說的。

所有未莊「那夥鳥男女」也可用種種來對待你，因為他們比你強。

你一生受盡了人家的欺壓、侮辱、玩弄，雖然是強者理該這樣對待弱小者，可是你到底也不怎樣愉快。你心裏其實是憤怒的，你想要像個「人」一樣的站直起來，想要報復，然而你又掙脫不出這未莊的生活和文化的箍子。並且你連想也想不到要掙脫出去。你倒是把你自己束縛到這個箍子裏面，以為人生該如此。而假如有人要逃出去的話，你反而要對他深惡而痛絕之的。於是，你老是想要站直，可又永遠站不直。

這是你自身上的一個大矛盾。

那麼你是怎樣解決這個大矛盾嗎？

——你有你阿Q式的解決法。

別人打了你，罵了你，這除開使你有生理上的痛苦之外，還有一件更不可忍的事，就是——這是對你的公開侮辱。這會使你顏臉掃地，大概一個人越有弱點，就越怕人家因這而看不起他，蔑視他，因此，他總是時時刻刻把自尊心放在心上，你正是這麼一個講自尊心的人。那你當然心裏不高興，想要報復，至少至少，你也得要自衛。

但是，你都辦不到，你是一個弱小者，連你「非常蔑視」他的王胡，都能夠扭住你的辮子去撞響頭，連小D那麼一個又瘦又乏的窮小子——你也只不過跟他打一個平手，你怎麼還對付得了別的人哪？於是你只好自己寬慰寬慰自己，在精神上來取勝，說是「兒了打老子」，不過人家還是不饒你，連你這聊且快意的「精神勝利法」都不容你採取。於是你只好又退一步，拿「第一個能夠自輕自賤」的「第一個」來取勝。而只在賽神那晚上被賭攤搶了你的錢之後，你就把你自

己的臉權當作別人的，痛打了兩個嘴巴來取勝。

真正到了萬不得已，退無可退的地步時，你還有最後「法寶」：忘卻。

你雖然有這麼一套「精神勝利法」來解決你自身上那個矛盾。可是事實上——你總不免還有一肚子悶氣。你這就掉過臉去，向那些比你更弱小的人身上去發泄。你也僅僅乎只在更弱小者那裏，能夠得到一點形而下的真正勝利。

這是你解決自身上的矛盾的第二個辦法。

就這樣，你在酒店門口建立了一個大勛業；你欺侮了靜修庵裡的小尼姑，你調笑她，你還扭住她的面頰，而且「再用力地擰一把才放手」。她只能滿臉通紅，逃走，只能用帶哭的聲音罵你一句，她簡直無法反抗，而你可就十分得意地笑起來。

你後來到了趙太爺不准進趙府的大門，你的顧主們也都聽了這個風，不再用你做短工了，使你發生生計問題了，你

就只好另打主意，去偷東西。但是你絕沒勇氣去偷趙府，去偷使你挨餓的趙府。你倒是打上了靜修庵的主意，因為老尼姑和小尼妓都沒有力量來抵抗你。

趙太爺可以欺壓你，而你也可欺壓尼姑們，這原是你的阿Q哲學。而且你還可以得到真正的勝利，可以任意去欺壓全未莊的人，可以任意支配人家的命運，正如現在別人支配你的命運一樣。

你想像到「未莊的一夥鳥男女」的笑，他們跪在你跟前求饒命。「誰聽他」，你得把小D、趙太爺、秀才、假洋鬼子，一齊殺掉，連王胡也不留。你得叫人替你跑腿，去替你搬元寶，洋錢，洋紗衫，還有秀才娘子的那張寧式床。而同時——「女……」的問題當然也就容易解決了。

還有許多事情，許多好處——那一時還來不及想到它。總之，你的夢假如一旦實現了，那你就什麼也不缺。你還會有一個可貴的姓氏，趙司晨趙白眼還要到你這裏來高攀本

家，叫你一聲太公，替你做事，地保也成了你的手下人，鄒七嫂也會成了你府上的上房行走。那時你也許強討了小尼姑和吳媽（只可惜腳太大）做小老婆。但同時——你可又會命令停止一切女人在外面走，並嚴禁女人跟男子講話，以免有所「勾當」而傷風化。

到了那時候，你可就成了未莊的袁世凱。那一套老未莊文化就真對你有了用處。你會更建立一些大勛業，比如——凡未莊人有剪辮子者，必處以重刑，穿洋服拿「哭喪棒」者亦同罪。又如「長凳」不得稱為「條凳」，違者嚴罰不貸，並禁止王胡等流氓在未莊閑逛。而未莊所有的出版物上，凡有「癩」字以及近於「癩」的音，以及光、亮、燈、燭諸樣者，一概嚴加取締。

但你即使成了未莊最強有勢的腳色，你上面也還是有更強者的，比如城裡的舉人老爺和把總他們，那不用說，你在他們面前，你當然還是保持著你那副可憐的阿Q相——逆來

願受，而只用「精神勝利法」來寬慰你自己的。

然而你的夢無法實現。

你要「革命」。可是你對革命——也像你對於戀愛一樣無知。你不曉得該如何「革命」法，這一層，未莊文化簡直沒有交代過。不但是沒有交代過，並且還只是使你痛惡革命黨，叫你認為「革命黨便是造反」，造反是跟「你」作對。這也很像你的兩性觀使你不會有辦法去戀愛一樣，你的革命觀也使你不知道怎樣去革命。

這麼著，你只是想「投革命黨」，或是心裏這麼想想，你就以為你得勝了。

你向來是有這個巧妙方法來解決你的矛盾的。

不過，這矛盾並沒有真的解決。

這個，亦猶之乎你的「精神勝利法」之不能使你完全滿足，而你這須向更弱者身上去消憤一樣，你單是在心裏想想「革命」，這在你是不夠的。

於是你要去動手。

可是當然——你絕不敢到趙太爺們頭上去動手，雖然是趙太爺他們「那夥鳥男女」逼得你「從中興到末路」，逼得你那麼想，「革這夥媽媽的命；太可惡，太可恨！」但你總不敢去「革」那些鳥男女的命，你向來是服服貼貼讓強者欺壓你，而且這是該當的，你當然就碰都不敢去碰他們一碰，你向來只揀軟的吃。

現在，你就自然而然又看中了靜修庵。

你這種阿Q式的革命，仍舊是從你那阿Q哲學出發的。

到底你是打算怎樣革命呢？要「革」小尼姑嗎？要「革」蘿蔔嗎？還是要「革」一些別的什麼東西？

果然你幹得對，你又得了勝，偷到了蘿蔔，你僅僅遇到了一點點小驚慌，那就是靜修庵裡的那條黑狗——牠居然要反抗，居然咬你，嗨！原來那條黑狗是不理解你阿Q的哲學的。

趙太爺們及其手下人縱然都不把你當「人」看，並把你教養得使你自己也忘了你是一個「人」。但一個「人」的欲求——你還是有的。餓來必須覓食，要另尋活路，有時候還要想到「女……」。

這些，哪怕趙太爺們極力反對，你自己也極力反對，然而，這些東西自會來作怪的。所以你居然也去偷東西，居然也鬧戀愛，居然也要去「投革命黨」。

諸如此類的行為，明明是跟你的阿Q倫理學相衝突的。咱們在前面不是談到的麼——你的阿Q倫理學並不是你自己的東西，只是趙太爺他們的，而你呢？你有你的阿Q生活，有你可憐蟲的生活，你的倫理學跟你的生活，那簡直是驢脣不對馬嘴。

唉！就是這麼一個矛盾——使你的戀愛成了悲劇。

你既經動了心，一想起小尼姑罵你「斷子絕孫的阿Q」，

你就真的擔心到怕你「無後」，這理由正當到極其正當，但其實是促使你更想女人而已。夫子孫者，一定要跟女人睡了覺而後才會有者也。

趙太爺當然有老婆，秀才也有他的秀子娘子。他們怎麼能夠找到女人的呢？——他們當然有他們那套的生活，他們有他們的生活，有他們那套戀愛觀或婚姻觀，他們就用他們自己的那套方式，去選上他們認為合適的女人。

可是你沒有自己的這一套。

要是你去找到一個馬馬虎虎的女人，或是找到一個藐小不足道的女人，那麼也許你會戀愛成功，不過成問題的是——即使你找到了，你一定不會把那種女人看上眼，你只會吐一口唾沫走開。你偏要去找上吳媽這個「小孤孀」，而她正好也是跟你一樣很「正氣」的女人。

凡是跟男子說話的，「一定要有勾當了」，而她們又偏生要裝「假正經」，所以你只要一有意，就不怕不會上手。

這些認識使你很有把握的去求愛。而使你失敗，害得你好苦的——正也就是這些見解，你只有趙太爺式的兩性觀和戀愛觀，可是不配有趙太爺式的戀愛法。你只會跪在吳媽面前，用你阿Q想得出的方式，說你阿Q嘴裏所能說得出的話——「我和你睏覺，我和你睏覺！」

真是，你這樣還不活該倒楣！

你簡直是——連一丁點兒戀愛技術都不懂得。這或者是由於你一向「正氣」慣了，不屑跟女人們打什麼交道，因此就毫無戀愛經驗，不懂得什麼戀愛技術吧。可悲也夫！

可不是麼，你始終沒想到跳出那個未莊式的生活和文化的箍子。就是你後來的居然想要去革命，也還是沒有跳出，也還是在那個箍子裏打旋。

向來你是深惡革命黨，可是看見未莊人那麼害革命黨，連城裡的舉人老爺也都害怕，你就知道革命黨比舉人老爺趙

太爺他們都強得多。你想你一去革了命，你就可以在未莊出人頭地，就連趙太爺他們也成了你腳底下的弱小者。你不單是可以出一口鳥氣，那我們不知道，那大概連你自己都不明白。

總而言之是，你遲到了一步，別人已經去「革過一革的」了。

凡是有好處的事，人家總是比你先一步得到。而你總落了空。「人家比你聰明得多，比你有能力得多。」

即如趙秀才那類人罷，他本來對革命「深惡而痛絕之」，而又非常害怕。他是絕不准你革命的。可是革命終於來到了，沒有辦法了，趙府在未莊的威風要倒地了。他一定要另想辦法。他如果要保持他趙家原來的老地位呢？他就應當要見風轉舵，於是他跟歷來也不相能的假洋鬼子攜手，「咸與維新」。

這是你所料想不到的。

然而要是真正革命了，真是成了中華民國，彼此都是處於平等身分的話，趙府在未莊也還是會失掉原來的派勢。這當然不行。頂好是換湯不換藥，只在形式上「革」他一「革」。這就來了一手帶象徵味兒的革命：打碎了「皇帝萬歲萬萬歲」的龍牌——僅僅乎是一塊龍牌。此外呢？一切都照舊。甚至於連趙秀才的辮子也還不肯剪掉它。

城裡的舉人老爺本來還怕革命黨造反，用烏篷船裝東西寄到趙家的，而現在倒當了政務幫辦。帶兵也照舊帶兵，不過叫做把總就是了。而趙太爺他們在未莊，依然是人上人，依然是頭等腳色。

這也是你料想不到的。

趙秀才他們也是跟你一樣，「革命」革上了靜修庵。他們似乎也實行你的阿Q主義，只揀軟的吃了。不過這種說法很不公平，而且是忘了本。因為你的阿Q主義——原就是從他們那裡得來的呀！你看，他揀了一個最穩當最安全的辦

法，並且又保得定大得全勝。果然，他們給了老尼姑很不少的棍子和栗鑿，順順利利「革」過了「命」，還順手帶走了觀音娘娘座前的一個宣德爐。

可惜他們沒有叫你！

如果他們來叫你的話，那你當然也就會把那夥鳥男女的「太可惡太可恨」忘得乾乾淨淨，倒是興高采烈的跟在他們後面，聽命於他們了。

然而他們不要你。你以前嚷著「造反了！造反了！」的時候，未莊人都用了驚懼的眼光對你看。趙太爺竟還怯怯的迎著叫你「老Q」，然而現在——他們再也用不著害怕你，因此也就用不著看重你了：趙秀才自己也去革了命哩！並且你於他們沒有什麼用處，你還遠不如趙司晨、趙白眼他們有用。你要到「假洋鬼子」那裡去投他，難怪投不進了。

什麼，只許他們造反，不許你造反？你在痛恨之餘，只好又想出些話來聊且快意：「好，你造反，造反是殺頭的罪

名啊！我總要告你一狀，看你抓進縣裡去殺頭，——滿門抄斬——嚓！嚓！」

這麼一來，彷彿始終支持未莊文化的，始終排斥異端的——倒是你阿Q了。他的「正氣」反而遠過於趙秀才他們了。

而你被人抓到城裡，在大堂裡開審的時候，你自然的跪了下去。這跪，原就是為了尊敬他們老爺們而設的，是他們使你跪的。可是現在老爺竟叫你「站著說」。可說你始終支持這種屈膝文化，又跪了下去，致使老爺罵你是「奴隸性」。

趙秀才和「假洋鬼子」他們造了反，他們沒有「滿門抄斬」，反而是你這個並沒有「造反」的阿Q——人家倒把你抓到城裡，把你判了一個死罪。

這在你真是一部奇怪的命運。

趙家的搶案你沒有參加；你還沒有本事去犯那種罪，只不過在旁邊暗地眼紅而已，但做了犧牲的是你。這只是為了

把總老爺「做革命黨還不上二十天，搶案就是十九年」，要掙回他把總老爺的面子，就揀上你阿Q做「示眾」的傢伙。

唉，阿Q，你就是這樣的下場，你糊裡糊塗活著，你就糊裡糊塗死去。

唉，阿Q，這就是你的一生！趙太爺他們的未莊文化就箍住了你一輩子。人家教會你講求「男女之大防」，給了你那一套兩性觀和戀愛觀，致使你戀愛失敗；而人家有女人。人家教會你排斥異端。給了你那一套革命觀，致使你革命不成；而人家倒跟假洋鬼子同去建立了功勛，進了「柿油黨」，弄到一塊銀桃子掛在大襟上。

人家總比你強，要是你能夠稍微強一點兒——比如說，你在城裡混的那一向，不僅僅是一個在門外接東西的小腳色，而是一個比較行一點的賊的話——那麼未莊人還能夠對你保持相當的敬意。然而你，其實你「不過是一個不敢再偷

的偷兒」而已。你到底硬不起來。就這麼著，人家可以從你手裡買你那些很便宜的贓物，地保可以取走你的門幕去；而你呢？僅因為你也曾經在城裡幫助人取走過人家的東西，人家就可以逼你走到「末路」，地保還問你要每個月的孝敬錢。人家可以藉故扣你的工錢，可以拿你的香燭罰款留給趙太爺拜佛用，可以把你的布扣下拿去做襯尿布和鞋底布；而你呢？你對趙府上的東西碰也不敢碰，可是出了搶案之後，人家倒把你當做強盜辦。

這種種一切夠多矛盾！——而這就造成你阿Q那可笑又可憐的命運。

假使你不是生活在那個強吃弱，大壓小的未莊世界裡，而你能夠被人愛，被人幫助，而你會去愛人，幫助人，那你才是真正做了一個「人」。

你要是真正做了一個「人」的話——請容許我重說一遍——那麼第一就要你掙脫得出未莊文化的箍子，能夠立直

起來。

現在——我們整個民族正是走著這條路；這是跟你阿Q命運正相反的一條路！

這樣，我們就要看清你阿Q之為人，然後我們各人——我們民族中的這每一個分子，都把自身檢驗一下，看還帶有你阿Q靈魂原子沒有。假如我身上還有你那種倒楣的靈魂原子，那麼我這個民族的一員，就會跟我們整個民族隊伍在歷史大路上進展的步調不一致，多多少少總會使我們民族在進展中受到拖累，甚至或是受阻礙的。

那麼——我們一定要勇於正視我們自身上的缺點和毛病，一定要洗滌我們的靈魂。

而事實上，自從你這個阿Q被創造出來之後，我們民族許多有良心的藝術家，都是懷著極大熱情，在不斷做這些洗滌靈魂的工作。

這也可以說，我們中國現在的許多作品，是在重寫著

《阿Ｑ正傳》。

讀書筆記一則

《阿Ｑ正傳》，是對於未莊式的文化與生活的一個總批評。

阿Ｑ不僅是代表辛亥革命時期的一個鄉下打流漢子而已！在辛亥前在辛亥後，也會有阿Ｑ。在打流生活以外的許多行業中，也會有阿Ｑ。

但阿Ｑ的典型——難道是超出任何時間性空間性的麼？當然不。

是這樣：阿Ｑ之為人，是被種種條件造成的，（例如人欺人，而被欺者又不能自拔於這人欺人的生活與哲學，等等）。那麼只要那種種條件存在一天，阿Ｑ這種人就可能存在一天。只要那種種條件存在某個場合裡，這個場合裡就可能找得出阿Ｑ來。

比方說，到了「世界大同」那一天吧，那麼人與人彼此相愛，再不會有什麼壓在人腳下的弱小者，也沒有未莊文化之類來哄人來箍住人了，那麼世界上再也不會有阿Q的了。

同是被人欺壓的弱小者裡面，也有各種各樣的型。有的站得起來，而自強不息，例如我們這民族就是。而有的則掙脫不出人家在他頭上所箍著的箍子。等等。

而阿Q——就是屬於那個被壓而又無力掙扎，只好伏在那箍子裡的那一類。

阿Q代表了千千萬萬的人物。

可是這千千萬萬的人物——他們各人所含有的阿Q靈魂的原子，是有的含得多，有的含得少的。因此他們各人所具有的阿Q性，也就有程度上的差別，有的或者只有兩件阿Q式的「行狀」，而有的可就多些。

並且他們不是各人都具備了全套阿Q性。只是——有的有這種阿Q性；有的有那種阿Q性。他們有的把阿Q性表現於這方面，有的表現於那方面，再呢？表現的方式各異其趣。

所以他們各人的阿Q性，是不完全的，是偶然的。於是藝術家發掘了他們的靈魂，把那裡所含有的阿Q靈魂原子抽出來，創造了一個完全的阿Q性的阿Q，最阿Q的阿Q。

這就創造了典型。

當然，現實界裡的千千萬萬的阿Q——並不一定是癩頭，也並不定說過「兒了打老子」，不一定欺侮小尼姑，不一定痛惡辮了和「哭喪棒」。

他只有阿Q性的原素：例如忌諱毛病，自慰自的「精神勝利法」，「忘卻」，欺軟怕硬，排斥異端，等等。

假使有這麼一位詩人，他絕非癩頭，倒是蓄了一腦袋的烏黑的長頭髮，但他生怕聽見讀者說起他作品裡的缺點，一聽見就發脾氣。那他就是阿Q。

他決不想做別人的老子來討便宜。但他說，「日本是藐小的，它可憐巴巴的想要在我們中國手裡討一點好處，我們就布施它一點好了，幹麼要去跟它對打呢？」那就是阿Q。

他並不是「先前闊」而現在窮。但他對一般青年們說：「哼，你們盡講我開倒車，盡講我有封建思想，我先前——五四運動中間我還是一個台柱哩！」那他就是阿Q。

他也許很同情小尼姑之類。但他會斥罵那些不知名的小腳色，動不動就對他們皺眉——「你們這批青年！唉。真沒有辦法，跟你談什麼！」把他們投來的稿件看也不看，或者是盡情譏笑一頓。而他在他所認為的大師面前則卑躬屈膝。那他就是阿Q。

他當然沒有辮子，而且還穿著洋服，手持「哭喪棒」。

但他對美學上的什麼新見解，看也不看就一味排斥，只把自己箍在象牙之塔裡面，此外一概目之為異端。那他就是阿Q。

要是只拿「癩頭」等等條件去找阿Q，那太機械了，那大概是一個阿Q也找不出的。

我們所說的「阿Q性」，這是一種抽象的說法。這是從現實中無數不完全的阿Q們身上取出來的一般性，而成功這個典型的「阿Q性」。

雖則阿Q典型之創造，難道僅是Q「直覺的知識」（照克羅采的說法。）而已麼？

單是靠「直覺的知識」——是不夠的。一定還要借「邏輯的知識」（還是克羅采的用語）。

固然，一個藝術家觀察到事物，最初是直覺的：是知道了這單個的事物。可是再進一步，就得去認識這一群單個事物中的關係，就得「邏輯的知識」了。

不過單是這麼進一步把現實界中許多人物的阿Q性抽取

出來，而來談這個抽象的阿Q性，那並不是文藝作品。

要是把這抽象的阿Q性——比擬作一個看不見摸不著的靈魂的話，那麼，現在還要賦給這個靈魂以血肉；這樣寫出來，才使我們看得見摸得著，使我們感動。換一句話說，就是要把這抽象的阿Q性，賦以可感覺的形式而表現出來。

這工作也像科學家的工作一樣：科學家在自然界事物裡，抽取了他們的法則，而用這法則製造機器。於是那些從自然物中所得來的抽象法則，現在賦以一個具體形式了，我們對這機器看得見，摸得著，並且可以用它了。

然而自然界中並沒有一架天生的蒸汽機。同樣，現實界裡並沒有像《阿Q正傳》裡所寫的一色一樣的那麼一個阿Q。但我們決不能因此就否認現實界裡有阿Q這樣的人，亦猶之我們不能否認自然界的熱力一樣。

所以典型人物的創造，也跟人類一切創造物的創造一樣：先是一個個現實界的具體物；然後得到了關於這些具體

物的抽象概念，然後又拿這創造出一個具體物來。這個創造出來的具體物，比起現實裡那些原來的一個個的具體物來，那是提煉過，蒸餾過更完全的東西，也就是更本質的東西，是取了一種更高級的形狀的東西。

這個工作的經過是這樣：

（一）「直覺的」。

（二）「邏輯的」。

（三）「直覺的」。

（附記：這〈三〉是賦以直覺形式的更深刻的東西。不能因為它是以直覺的形式表現出來，就把它跟〈一〉（對於個別事物的認識）混同。從〈一〉所得的出來，那只是像照片似乎膚淺作品罷了。）

不過藝術家創造典型之際，跟發明家創造機器之際，當然還有大不相同之點。因為一個藝術家不獨是要用「邏輯的知識」，不獨要用理智，而且還有更重要的——要用他的感

情和想像。

賦予阿Q靈魂以血肉，賦予阿Q性以具體形式，這就是藝術的形象性。

一篇作品，最先使我們感受的——是它所表現的形象性。再進一步，我們才探索出這些形象後面的東西，抽象為「諱疾」，「精神勝利」，「欺軟怕硬」等等的典型性格。

那些形象是因為那個人物而存在的，使阿Q成功一個活生生的阿Q。

於是我們讀起《阿Q正傳》來，就覺得是真人真事一樣的。

阿Q之癲，說「兒子打老子」，不能反抗未莊「那夥鳥男女」而只欺侮小尼姑，以及痛罵「假洋鬼子」及其「哭喪棒」，等等，這的確是《阿Q正傳》裡的那個阿Q才有的花

頭。這些，只是屬於這一個阿Q，只屬於「This one」。這些是特殊的東西。

但這些，只是使抽象阿Q性具體化，使之形象化的一種手段。

拿剛才打的那比方來說，那麼這些形象，也正好像蒸汽機裡的那些活塞，推動棒，轉軸，偏心棒，排汽口等等——是賴以表現熱能，賴以表現熱本質的手段一樣，這是表現阿Q性本質的一種藝術手段。

換言之，那麼這篇作品裡關於阿Q的這些形象雖然是特殊的，是僅僅屬於「這一個」阿Q，但他倒正是為了表現一般的阿Q性而有的。例如「癩」，用來表現忌諱毛病，「兒子打老子」是用來表現「精神勝利法」，而調笑小尼姑則用來表現欺軟怕硬，以及排斥異端，諸如此類。

所以作品裡所表現出來的典型人物，又有特殊性（This one），又有許多現實阿Q的一般性。後者則居於主要地位；

這是那個典型人物的靈魂。是作者在這作品中所含的哲學，是這作品的內在精神。

但那些表現成「這一個」人物的諸形象，藝術家也決不把它忽略過去，要是忽略了這些，僅只寫出一個不可感覺的靈魂，沒有血肉，那麼就不像一個人了，不能使我們得到一個印象，不能使我們當作真有這麼一個阿Q似的那樣感受了。

並且——要是忽略了這些印象，或是隨意處置這些形象的話，那就連這每個靈魂，都不能充分表現出來，或是不能適如其他可表現出來。

這些形象——絕不是隨便安排的。

你看，關於阿Q的狀貌，舉動，談吐等等，哪怕只要寫一兩筆，我們就知道阿Q的地位身分，並且由此而知道阿Q之為人。

就說「癩」吧，這也正是阿Q那麼一種生活裡才會有的毛病，「斯人也而有斯疾也。」像前面所假設的那位當詩人的阿Q，他可就沒有這個「體質上」的「缺點」。因為他的生活可以使他能夠保持清潔，講衛生，不讓細菌到他頭上去橫行。

可是別的人，只要他也是在阿Q之得癩病的同樣條件之下，也會變成一個癩頭。當然，並不是一得了「癩」即成了阿Q，他跟阿Q僅僅只有這一點相同，就是他沒法講衛生，也讓細菌在他頭上猖獗。此外他也許就跟阿Q沒有相同之點了。他並不是阿Q。這樣，他頭上的「癩」——所起的作用也就不同了，不是可以拿來表現阿Q性之一的「忌諱毛病」的了。或者呢？他的「癩」壓根兒就不起什麼作用。

這「癩」等等，如果在這個典型人物身上是不可能有的，或者即可能有而並不是用來表現這阿Q性的，或是壓根兒沒有作用的——那麼這「癩」在此就不適當。那麼作者就不會

把它選進去。而會要另外去選上別的一些更適當的東西來表現他。

這些形象是要經過選擇的：要適當。形象也該有其典型性。

要注意——關於典型人物的典型形象。

阿Q是中國人，所賦給阿Q靈魂的血肉，是中國的。表現這些典型人物的那些形象，全是道地的中國派頭，例如「兒子打老子」之類。

可是——也像現實界中阿Q的存在，不僅限於辛亥革命時期，不僅限於未莊一樣，阿Q這樣的人，也不僅只我們中國才有。

外國也有許多許多阿Q。比如那家太陽牌帝國主義，它也欺軟怕硬，而它的侵略我們，已經深陷泥淖而不能自拔，它可還要打腫臉裝胖子；這一點不明明是個阿Q麼？又如卓別林在他片子裡演的腳色，也十足是一個可憐的阿Q。

說「兒子打老子」，這是中國阿Q的派頭。外國阿Q並不以做人家的老子為討了便宜，但他們另有他們洋式的「精神勝利法」。

阿Q這一種「兒子打老子」的勝利方式，是民族的。但他所表現的本質（精神勝利法），是有世界性的。

總之——

關於阿Q形象——民族性。局限性。僅屬於「這一個」阿Q。

所表現的阿Q的靈魂，則有一般性，甚至世界性；只要或多或少有造成阿Q靈魂的那些條件的時間內，就會有這些或多或少帶阿Q性的人物在。

我們中國那些阿Q性的人，要不再做阿Q了，還可能不可能呢？

可能。

一個人總是會發展的，會要變的。

他們各人所含的阿Q靈魂原子——或者本來就力量很弱，或者即使力量大點而還不足以支配全局，那麼它就會被別種更有力的靈魂原子所吸引，所左右，而變成了另一種典型。

再呢？阿Q靈魂原子也像化學原子一樣，還會跟別靈魂原子化合，而變成另一種東西。不過化合的時候，也得有一種接觸劑才行；例如我們民族當前所迎接著的大時代，這偉大的歷史事件，就是一種接觸劑。

這麼著，他的阿Q性就會變了質，成了別的什麼性了。

那麼——如果他變了，他身上就一個點兒阿Q性的渣子，也都沒有了麼？

不。他多半會留下阿Q性的渣子。

但這不要緊，並不妨礙他向好的方面發展。

單是人的一種特性——要是它不跟別的事物有所關係而表現出來，那我們簡直無從說它是好的還是壞的。單只是一種特性，它就概無所謂絕對優，也無所謂絕對的劣。

往往是——它在這場合裡表現為缺點。而在那場合裡表現為長處。阿Q常做夢。做夢本身並沒有什麼要不得。但阿Q的夢只是一種幻夢，是他自己寬慰自己而聊且快意的一種幻夢，他這就永遠掙不出他那悲喜劇式的命運了。我們絕不能僅因阿Q也做夢之故而力戒自己做夢。合理的可實現的夢，我們為什麼不做呢？真正偉大的人是真正會做夢的。

又如，阿Q有一種滿不在乎的勁兒，熬得住痛苦。但他的「滿不在乎」是一種麻木，是沒有前途的，只是無力掙扎，屈服著而做退一步的想法，而我們的長期抗戰——我們也忍受暫時的痛苦而滿不在乎，而這「滿不在乎」是有前途的，是使我們作戰得更沈著，更有把握，使我們不斷地生長新力量。於是打得敵人倒下去再也爬不起，這「滿不在乎」正是

表現了我們不可屈，以及對於戰鬥的韌性；這正是我們民族的優點。

諸如此類。

這些，在好的方面發展，即也是洗滌了靈魂而變成一個新的人物了。那原有的阿Q性，雖然還殘留著，但已經變了質，有了新的作用，已經由劣點而變成優點了。

有一幅版畫，叫做《阿Q站起來了》——阿Q也起來為保衛祖國而戰。

不錯，這是一個新的阿Q。

那麼，這種新的阿Q，正就是我們民族在歷史大路上進展中，使他原有的阿Q性發展，變了質，而產生的一種新的阿Q典型吧！

——原載一九四一年一月一〇日《文藝陣地》（半月刊）（重慶）第6卷第1期

故事的建築師
——語言的巧匠

〔美〕威廉・萊爾

自成一類的《阿Q正傳》

《阿Q正傳》和魯迅其他的小說在許多方面有所不同：它的篇幅長，散漫，有著插曲式的結構。但撇開這些不同的地方，它也可以列入以魯迅為敘述者，論爭情緒的小說一類。這個敘述者明顯地不是抒情狀態的魯迅，但他又很接近於我們所了解的全面的魯迅其人。比如說，作為虛構的敘述者的魯迅其人。

這小說的著名，在於它揭示了被認為是典型的、普遍的

中國人的精神狀態，一種以「精神勝利法」代替「現實勝利」的自欺的方法。因此，它似乎也可歸入心理小說。其實並不合適。因為心理小說中的主人翁是有可能在不改變社會的條件下改變自己的狀態的，阿Q卻完全是社會的產物。如果社會制度不徹底革命，阿Q本人的精神調整便根本做不到。也就是說，在個人中心的小說裡，主人翁都應該對他自己的現狀負責；阿Q卻不能對自己的現狀負責。《阿Q正傳》歸入群體中心小說一類也不恰當，因為所有這些小說（也許《風波》除外）主人翁都表現為僅僅是社會的受害者，阿Q卻既是受害者，也是傷害他人的人。他的確常被欺負凌辱，但只要有機會，他也會欺負凌辱那些比他處於更不利地位的人。再說，他對革命的夢想，也只是狹隘的限制在搶劫復仇的範圍以內。《阿Q正傳》之所以不能列入群體中心小說的原因，也表明了這篇小說的另一顯著特點；主人翁的兩重性。

《阿Q正傳》原是為在北京晨報副刊每週連載而寫的。

看得出來，這頗影響了小說的特點。它本來是放在「開心話」的欄目下，後來作者和編者都認為不合適，便移到「新文藝」一欄中，故事是一連串事件的散漫敘述，描寫了未莊的人們和他們對辛亥革命的反映。從開始到結束，敘述者表現為一個有知識，帶著苦味的幽默的人，用居高臨下的語氣敘述。態度開始是輕鬆的，但隨著故事的進展，卻越來越陰鬱甚至嚴峻了。

第一章，序。大部分是作者獨白。這獨白並不起把故事情節推向前進的作用，而是一些以中國舊文化和自命為傳統文化保存者的、現代文人為材料的、帶諷刺口吻的散漫議論。那像是帶著倒裝鉤子的諷刺，針對著各種目標：陳言套語的傳記寫作，形形色色的新文化運動的批評者和敵人。在這一章裡阿Q已經出場，是個雇工，住在土穀祠裡。在這一章裡我們還看見趙太爺打了他一嘴巴，因為在秀才進學以後他居然敢自稱姓趙，冒充趙太爺的本家。

第二、第三章通過一系列事件表現阿Q的生活方式和心理狀態，同時畫出未莊社會的輪廓。其中多次重複地表現了阿Q的「精神勝利法」。這方法，有時是使自己的失敗合理化，有時是貶低勝利者的對方，甚至包括自己打自己的嘴巴，把自己看做只是打人的而不是被打的，從而取得精神勝利。這兩章裡我們還認識了趙太爺和他的兒子秀才，錢太爺的兒子假洋鬼子，和假洋鬼子手裡的那根哭喪棒。這裡還寫了阿Q和王胡的捉虱子比賽，阿Q失敗；和王胡打架，又失敗；想把怒氣發泄到假洋鬼子身上，又挨一頓打。阿Q受夠欺負以後，終於輪到他來欺負別人。他於是侮辱小尼姑，以博得酒店閑人們的喝彩。

第二、第三章裡的情節並沒有把故事向前推進。直到第四章，故事才前進了。阿Q由於笨拙地向趙家女僕吳媽求愛，失去了生計，為當地的權勢者所不容。在寫這一情節時，敘述者幾乎完全採用了傳統說書人的方法，離題閑扯，按照

中國傳統的男人對女人的看法，發表了長篇議論。

第五章，故事繼續向前進展，描寫了阿Q因吳媽的事件而聲名掃地，失去了一切受僱的可能。阿Q誤以為自己的倒楣責任在小D，於是和小D打架，當然又失敗。他實在無路可走，只得離開未莊，進城去碰碰運氣。第六章描寫幾個月後阿Q從城裡回來時發達中興的情況，以及在未莊人眼裡阿Q地位的變化。確實，在未莊，有錢和見多識廣是最令人佩服的，未莊人怕強欺弱的心理更確保了對新發財的阿Q的尊敬。這種尊敬，甚至在已經明白阿Q是小偷以後也還沒有改變，並到發現他並非是個了不起的賊，既不能上牆也不能進洞，只是一個在洞外接東西，而且已經嚇怕不敢再幹了的小腳色時，大家的尊敬才減退下來。從結構上看，這一章也沒有起推進情節的作用，只屬於揭露的類型。

在第七章，未莊傳來了革命的謠言，於是未莊人的「怕強欺弱」又得到進一步的諷刺揭露。阿Q本來是敵視革命

的，但忽然發現害怕革命的原來是有錢有勢的人，就覺得革命也很好，並且願意充做革命的一員了。但當他跑進靜修庵去革命（實際是搶劫），又發現秀才和假洋鬼子已經搶在他前面「革」過了，因而沮喪起來。很明顯，這是本來互相對立的兩股地方勢力聯合起來投「革命」之機，以使在「革命」的情況下，保存地方的權力結構。但阿Q當然不能理解這種複雜性，他僅僅是因別人已革過命了而「感覺」失望而已！

在第八章，革命顯然已經勝利，未莊卻沒有發生什麼變化。阿Q很煩惱，確認自己倒楣是因為早沒有和革命結識。於是，頗為滑稽而不協調地，他竟到錢家去找假洋鬼子商量參加革命了。不出人們所料，在錢家院子裡擺弄著革命黨徽章假洋鬼子，一見阿Q進來，便也如當年打阿Q一嘴巴的趙太爺一樣，舉起棍子把阿Q趕了出去。後來，當阿Q有一次無精打采地在村裡彷徨時，無意中在趙家附近看見了「革命隊伍」在搶劫。他因為是「做過這路生意」的人，就在那裡

欣賞了一會。回去土穀祠後，在回憶中還很為這人竟不來招呼自己同去而不平。

在第九章開始時，警察和兵丁包圍了土穀祠，鼓起勇氣進去捉住阿Q，帶進城，逼他招了供。最後阿Q被槍斃（改殺頭為槍斃，是建立民國以後一項改革）。故事中也注意描寫了阿Q當時特殊的心理狀態，但興趣的集中點卻在圍繞著阿Q的那個殘酷、冷漠的社會（也許魯迅這時又想起了仙台的幻燈片）。

在故事接近結束時，敘述者的諷刺再也不能像開始那樣以輕鬆的筆調出之了。他已瀕於絕望：

> 至於輿論，在未莊是無異議，自然都說阿Q壞，被槍斃便是他的壞的證據；不壞又何至於被槍斃呢？而城裡的輿論卻不佳，他們多半不滿足，以為槍斃並無殺頭這般好看；而且那是怎樣的一個可

笑的死囚啊，遊了那麼久的街，竟沒有唱一句戲：

他們白跟一趟了。

作為小說中的一個人物，阿Q傑出的地方是在於魯迅把「受害者」和「傷害他人者」這兩者的特點彙集在同一個人的身上。同樣，這篇小說的高度藝術質量，也在於把兩種似乎是互相排斥的技巧結合在一起：一種是傳統的中國說書人的技巧，另一種是現代西方短篇小說家的技巧。傳統中國說書人感興趣的主要是情節，想方設法將故事情節呈現於聽眾之前，以聽眾得到娛樂為滿足。這種只求小說「有趣」的觀點，魯迅在別處是看不起的。由於說書人的興趣主要只在故事本身，傳統小說的布局往往是鬆散的、漫無拘束的，把許多事件隨意地連接在一起，組成一部「長篇小說」（這個詞我們有時譯為「novel」，但約翰・畢曉普①卻比較準確地譯為「accretive novel」，意即「增添的長篇小說」）。魯

迅寫小說不是為讓讀者娛樂，而是對中國社會進行嚴肅的個人的評論（普實克②認為中國傳統說書人的特點是表達社會上「普遍公認的觀點」，魯迅與此相反，表達的是個人自己的觀點）。因此，雖然魯迅很熟悉傳統的技巧（他的《中國小說史略》便是證明），在他的代表性作品中卻避免加以使用，而用著明顯的西方形式。

畢曉普批評中國傳統小說「只注意故事」、「只重復敍述社會的宏觀，不剖析人生的微觀」。在西方，現代小說和傳統小說的區別也在這裡。愛爾蘭小說家蕭恩・奧福蘭（Sean O'Faolain）在他的《短篇小說》（倫敦，一九四八）中便說：

現代講故事人也不能不要偶然事件、軼事、情節布局，以及隨之而來的其他種種，但他卻改變了這些東西的性質。現代小說中仍然有冒險，但現在

已經是心智的冒險。仍然是懸念，但少有激動神經的懸念，而是感情的、智力的懸念。

現代作家，為了完成他的目的，不能不要偶然事件或情節布局：

……有些偶然事件當然是必要的。關於小說技巧的一個最好的定義是：行動剖露了人物，人物又在行動中表現了自己。而行動，也就是偶然事件的另一種說法。但現在偶然事件只是一個扳機，是機槍上的一個小片，就像這扳機觸發子彈打碎一塊玻璃一樣，偶然事件觸發了集中的笑聲、幻想、悲劇或快感。

在《阿Q正傳》裡，偶然事件經常觸發人的快感。但它們也剖析了阿Q以及他周圍的那些人物。小說保留了許多傳

統故事的痕迹。在結構上，它是中國和西方兩種方法的愉快的結合。

魯迅曾說過：他乘編輯不在時把阿Q槍斃了，以免無休止地寫下去。這句話很多人都知道。儘管不一定可信，至少說明了一件事實，即章回體是可以無限制的拉長的。再者，魯迅在序言的第一章裡曾說他早就想給阿Q做傳，而且是從「閑話少說、言歸正傳」這句套話中借用了「正傳」一詞。魯迅在主要故事開場以前，用很長的篇幅先說了一篇閑話，用來掃射他的一批特定的敵手。這一點也和傳統小說相像。如果魯迅真是在茶館裡說書，這種設計就可以充做等待顧客時一段絕妙的填充的段子。顧客如果在說第二段時才走進茶館，對主要故事也不會聽漏多少，花的錢還是值得。也許魯迅在開始同意寫這篇連載小說時，便已經意識到範圍受限制，不得不採用傳統技巧了。很自然的，他在其他那些受西方影響較深的小說中常用的結構設計，在《阿Q正傳》中就

少用了。如詩意的重複、封套，用動靜對比有節奏地推進情節等方法，在《阿Q正傳》中就都不曾運用。另外，我們當然也不能期望在這種連載小說的形式下，在場景上能非常節省。不過，應該說，《阿Q正傳》在有意義的人物和道具方面，也如魯迅的其他小說一樣，是非常節省的。

我們在前面曾有機會談到，魯迅既是口吻辛辣的論爭者，又是感情豐富的人，又是藝術家。論爭者否定；感情豐富者肯定；而藝術家，則想兼顧地把握他自己創造精神的這兩種風格，以達到更高、更客觀的美學標準。說到這裡，我們不免想到葉慈（Yeats）的詩：

雄辯家想欺騙他的鄰人
感情豐富者想欺騙他自己；
而藝術，只不過是現實的一重幻影。③

《阿Q正傳》作為小說，其價值正在於「不過是現實的一重幻影」。當然，阿Q身上的許多東西，魯迅和大多數讀者都並不喜歡，但他們在私下意識中，卻不得不承認自己身上也有著相似的傾向。他們很難避開自己，卻問心無愧地只去指責阿Q，如像指責高老夫子一類人一樣。魯迅是不由自主地帶著深深的同情進入阿Q的。魯迅小說中的某些人物雖然不能完全對自己的現狀負責，畢竟還是要負些責任。阿Q卻比這些人寫得更圓滿。他是個塑造得充分的人的典型，是指責的靶子，也是同情的對象。

——原載一九八一年北京大學出版社《國外魯迅研究論集》

・本文由尹慧民譯

註：

①約翰・畢曉普（John Bishop），美國著名漢學。他關於中國長篇小說的觀點見所著《中國小說的局限性》一文。——譯者

②普實克（J. Prusek）捷克著名漢學家。——譯者

③見《葉慈詩集》紐約，1933，184頁。

魯迅作品的黑暗面

夏濟安

傳說中，隋煬帝在位時是一個偉大的英雄時代。那許多英雄，都是生來該為人打仗的；只不過有些人為這位即將應運而出的唐太宗打天下，有些卻和他搶天下罷了。隋末，煬帝曾一度招降這些草莽英豪，請他們到揚州比武；說是要予優勝者以封王的榮耀。其實這是個一網打盡的詭計。他想讓這些人自相殘殺；隨而在會後引發埋藏地下的火藥，把剩下的人炸掉。如果這樣還有人倖存的話，城牆裡會降下一個千斤閘，阻斷他們的退路，再由禁衛軍展開屠殺。可是既然隋煬帝已失天心，這計畫自然不會成功。只有少數豪傑死在比

武場中，埋藏的火藥也因為一隻受命從群雄中救出真龍天子唐太宗的老狐的干擾，而未按預定計畫燃發。當千斤閘下降的時候，有位巨無霸型的好漢拖住它，讓來自全國各地的十八路反王等大小豪俠能夠及時逃生。但饒他再英雄，也難久撐這樣重的閘門，自己終究還是被壓死了①。

這個力撐千斤閘的綠林好漢的事蹟，對魯迅來說，有著很特殊的意義。在他還沒有對中國小說的研究發生興趣前，甚至早在他的孩提時代，他就很喜歡這一類的傳奇了。我以為他在民國八年，「五四」之後五個月，寫下面這段文章的時候，心裡頭一定想到了這個傳奇：

> 自己背著因襲的重擔，肩住了黑暗的閘門，放他們（孩子們）到寬闊光明的地方去；此後幸福的度日，合理的做人②。

從字面上看來，人家會以為孩子們幼小無知，需要保護。但「黑暗的閘門」這個典暗示孩子們和那個負重的巨人有共同的地方：他們都是叛徒。

五四運動之後，中文的辭藻，染上鬧劇似的誇張色彩，語義上總是趨於極端。鮮明的反叛色彩，渲染成以魯迅等人為首的革新派的散文。魯迅厭棄古董，而熱切異常地歡迎新的事物。過度的熱忱，自使他無法用完全合理的文章來突出他的論點。他的文辭有力，主要的利用光與暗，迷與悟，不願被吞噬者與食人者，人與鬼，孤獨的鬥士與其周遭的惡勢力等，代表革命者和一切欺壓他們的勢力之間強烈的對比。

在這種文字裡，典故占了極重要的地位。雖然老式教育的衰落，業已使文言式微，用文學作品或歷史傳奇中的典故而有所寄託的象徵手法，對任何一位和他的讀者共承一份文學或文化遺產的作家來說，是極明白易曉的。白話運動的先驅胡適頗反對用典，可是也常巧妙地引用西遊記、三俠五義

等通俗小說中的典故，有時也引有名的唐詩。用典當然不只為自炫博學；出於文學家之手，它可以融記憶與感情及幻想於一爐，嵌古典於時新之上，並把現實投入繁複多姿的歷史、神話和詩歌中。魯迅在以新鮮而生動的典故，表現出中國久遠的文化傳統所賦予其語文的不竭的意象之源這方面，有著卓越的才華。

因此有些辭藻裡過去用的字眼到現在還活著，而不合理的大有喧賓奪主之勢，要把合理的擠掉。對於我們來說，這該是一種自然現象，但對獻身於進步、科學，及反對那古老、迷信、殘忍等等的魯迅來說，這都是激憤的根源。可憐「舊中國」除了無限的恥辱之外，別無所有了。作為啟蒙的先驅，為了貫徹自己的理論，實施自己的宣言，他因而激動起來。但身為文人，他還是無法擺脫過去。他承認他的文體、句法，甚至思想，都受到文言作品很深的影響。可是他又說：

為了我背負的鬼魂，我常感到極深的悲哀。我摔不掉他們。我常感受到一股壓迫著我的沉重力量③。

這就是巨無霸力撐「黑暗的閘門」的意象了。他的憤懣在他對文學的蔑視中表露無疑。民國十四年，有個報社請他為中國青年開列書單。他的答覆是：

從來沒有留心過，所以現在說不出。但我要趁這機會，略說自己的經驗，以供若干讀者的參考——

我看中國書時，總覺得就沉靜下去，與實人生離開；讀外國書——但除了印度——時，往往就與人生接觸，想做點事。

中國書雖有勸人入世的話，也多是僵屍的樂

觀；外國書即使是頹唐和厭世的，但卻是活人的頹唐和厭世。

我以為要少——或者竟不——看中國書，多看外國書。

少看中國書，其結果不過不能作文而已。但現在的青年最要緊的是「行」，不是「言」。只要是活人，不能作文算什麼大不了的事呢④。

這雖然不算是魯迅的佳作之一，其中僵屍與活人的對比，又是一個鬧劇式的誇張修辭法的例子，是他對那極想埋掉、忘掉的「過去」的詛咒。依魯迅所說，一個人的死活，視其行為能力而定；但他自己一生中並沒有多少令人懷念的作為。他的聲明，說來也怪，倒是建立在他自評頗低的文學作品上。又有一次他發表了他對文人生涯不贊同的看法，聽來更為可悲。死前數月，他曾給他兒子留下這麼一句話：

「萬不可去做空頭文學家或美術家。」⑤如果這不是承認他自己做人失敗的話，他的意思也該是說，人生有比寫作更重要的事。

因此魯迅之成為作家，而且是多產作家，實在頗為意外。在寫作技巧的培養上，他違背了自己的心意。他的白話文中雖運用了許多文言的字彙和修辭法，最能顯示出他在歷史上的矛盾地位的卻是他的詩。他的詩作不多，只是偶一為之。但無可否認的，那些全是很好的舊體詩；至少在簡潔、尖酸、諧謔等方面，可以比美他最好的白話文，而且也具有那份「凝結的火焰」，和「紅影無數，糾結如珊瑚網」於「青白冰上，」的奇絕的美⑥。但這些詩依然是用那種不諳古文的讀者感到深奧難解的文字所寫出來的，依然是對大眾的用處功過難斷，但卻能使讀者與作者洩氣的作品。在這些只想供少數好友傳觀的作品裡，他不僅滿足了一時的興致：他試用從前的詩人所用的方式寫詩；耽溺於「僵屍的樂觀」——

有時是悲觀——之中，並且埋首在「死的語言」裏。雖說他顯然疏忽了他對大眾的責任，但他在和朋友通信時，未必比他在對陌生的群眾演說時更覺孤寂。如果沒有一群讀者讓他來教訓、侮辱、譏諷、鼓舞，或把他們的自滿嚇掉，那麼許多詭辭、派頭、花槍全都可以免了。他雖然極端反對舊中國和中國古書，有時卻也能全新浸淫在因襲傳統的，晦澀的中國古詩中。他能使自己適應那傳統的士大夫文化，並從其中獲取在這激蕩的社會變局和政治革命之中所能得到的每一分好處。

在他的舊體詩相形之下，魯迅的白話詩顯得貧乏而無足輕重。顯然他在詩之創作方面的衝力，一直不足以喚起一種卓越的創作力量，使「大眾的語言」邁入簡潔而復變化多端、且能與傳統的詩的優點相抗衡的境界。在他創作的衝動偶然趨向於詩的方面時，他也就只好求諸具有他這種文化背景者手頭最便捷的工具——文言——了。其實他在傳統詩的格律

限制下，非但不十分不快，有時倒覺得是一種達成目的的滿足；一種挑戰。在寫這些詩的時候，他喜歡恰當的字眼和貼切的句子；喜歡刪節和裁剪字句；喜歡用巧妙的典故；喜歡用對比和並舉的手法令人感到驚異；也喜歡依詩文的韻律與形式而調度自己的情感；他也可能感到好好地完成一件工作時，那種秘密的欣慰，和對於心儀已久的大師們的作品模倣成功時的一份自豪。但他同時又駁斥傳統的一切。當他發現，如果他想從事寫作，勢必無法逃避傳統時，他該是多麼失望。為此他很難使自己的喜憎和歷史性的運動趨於一致。但這歷史性的運動顯然不是魯迅唯一關心的事。他所遭遇的難題至少還有其另一面，那就是現代藝術和藝術家的完整與獨立性，這種完整與獨立性應為求其屹立不移，在必要時，得與歷史的潮流對抗，甚或犧牲啟蒙的好處也在所不惜。不用說，這是魯迅很少想到要去維護，也是其他近代中國作家很少考慮到的一面。

魯迅留下了一本趣味雋永的書：《野草》。集中收了廿四首詩，只有一首「我的失戀」⑦讀起來還像是真正的白話詩；但那是首戲謔的詩，並且寫得不十分高明，是嘲笑魯迅所輕視的充滿廉價的感情和輕浮的調子的當代戀愛詩。在野草那些嚴整的散文詩當中出現了拙劣的詩句，就相當於魯迅對他所看到的白話詩窘境的批評。其餘的都是些具體而微的好詩：帶著濃烈沉鬱的感情的意象，行止於幽幽放光，但形式奇特的字行間，宛如找不著鑄模的熔融的金屬一般。在那篇代表作「影的告別」中，那「影」說：

> 我不過一個影，要別你而沉沒在黑暗裡了。然而黑暗又會吞併我，然而光明又會使我消失。然而我不願彷徨於明暗之間，我不如在黑暗裡沉默⑧。

一連串的「然而」使句子念來怪拗口：它打破了文言文

和白話文中的「雅」字訣。但那也許是作者有意造成的效果。遇見生魂並且和他交談，真是一種最難受的經驗；而瀕於遺落自己的「影」的邊緣，更是件可怕的事。魯迅的夢境是一片空曠，其構成只是光與暗，和一個無精打采，半睡半醒的「亡是公」，茫然無助地傾聽人言，坐觀著周遭事物的發生。這種經驗，需要比魯迅所擁有的更大的詩才，方能完全揭露出它的真諦。常受擾於這一類的夢，魯迅原該能把中國詩，縱使是舊體詩，帶入一個新的境界——在一般的描述中，加入某種恐怖與緊張——一種可說是相當「現代」的經驗；因為中國詩的內涵雖富，卻少發現這一類的主題。但他只是把這些帶入他的散文中，而以他獨有的拗口的韻律和赤裸的意象，予白話文學很好的影響。因為他把白話文帶出了平民化主義之理想的窄徑。當他密切地注意到他個人的思想時，他開始感覺到表達工具的不足了。當他深思內省時，他忘卻對眾人發言了！但他的創作過程，終使「他們的」語言變異而

光大。碰到不巧的時候，魯迅的修辭法，不論在效顰者的手中，抑他自己的手裡，都可能變成嬌揉做作；但他讓白話文做了前所未有的事——甚至是古文大家也不曾想到在文言文裡做到的事。

在另一篇裡，做夢的人在看一塊已經剝落的墓碣，那斷碑上留下的刻辭是這樣的：

……有一遊魂，化為長蛇，口有毒牙。不以嚙人，自嚙其身，終以殞顛……

……離開！……

而在這剝蝕且苔蘚叢生的墓碣的陰面：

……抉心自食，欲知本味。創痛酷烈，本味何能知？

……痛定之後，徐徐食之。然其心已陳舊，本味又何由之？

……答我。否則，離開！……」⑨

高華的文言碣文中，點綴幾句白話的命令「離開！」便把過去與現在合而為一了。它將見與聞混在一起；同時也惟妙惟肖地提示那命令是來自死屍的口中。其主題是「狂人日記」中食人主義的主題中另一種形態。該日記常被當作對「吃人的禮教」的控訴。只是「日記」中想像的恐怖，在這裡卻成為半真實的夢魘。短篇小說中，壓迫人的社會力量，和它被侮弄的對象之間的衝突，在此濃縮成單純，卻不減其恐怖的自毀行為。這篇短文揭示出一個事實：不僅是「社會」會壓迫人，毀滅人，一個失落的靈魂也會化為毒蛇，因「欲知本味」而自吃。這是個極重要的事實，雖然它常在人們醉心社會改革時被忽視了。推崇魯迅為寫實作家的人，必

須注意他的寫實主義的範疇。《野草》裡有許多篇，都用同樣的開端：「我夢見……」而這些夢都帶有那麼一份光怪陸離的美和精神錯亂的恐怖，恰是十足的夢魘。即使那些不標明是夢的，也都帶有夢魘所特有的不連貫性和錯置的事物的衝突。因此在《野草》中，魯迅瞥見了無意識的世界。這些東西都寫於一九二四到一九二五年期間，也就是在「荒原」（TheWasteLand）、「尤利西斯」（Ulysses）和「聲音與憤怒」（TheSoundandtheFury）等作品出現的二十年代的中間。很可能是由於他的恐懼，他沒利用他對無意識的心靈狀態的知識寫出一部傑作。他太忙於擺脫那些夢了。他對光明的信心，其實並沒驅散黑暗；但它至少形成一面盾牌，為他擋住黑暗的誘惑。不管希望多虛妄，它畢竟是可愛些，比起夜晚的夢來要好得多了。

因此我們可以說，魯迅的黑暗的閘門的重量，有兩個來源：一是傳統的中國文學與文化，一是作者本身不安的心

靈。

魯迅敏銳地感受到這兩種具有壓迫力、滲透力，而又無可避免的力量。人們也許不會同意他認為年輕的一代可以教導到能擺脫這些暴力而自由生活的論調，但他終於拼命地發出希望的吶喊。他的英雄姿態暗示失敗，而他為自己選擇的位置幾乎是悲劇性的。他所以用傳說中被壓死的英雄的典故，正顯示出魯迅的自覺無力抗拒黑暗，而終於接受犧牲的道理。這個自覺賦予他的作品一種悲哀，成為他的天才的特色。

如果說：有任何事物，擁有那一去不復，彷如那即要把光明完全截住的黑暗鬧門那種神秘逼人的力量的話，那該是死亡了。死亡之重，是任何一個人，甚至整個人類，所不能支撐的。不管是反動的抑前進的，它一概不饒。只有像斯賓諾莎（Spinoza）一般，能夠不去想這可怕的題目的人，才會感到快樂。但是魯迅，即算是中國現代主義的先鋒，是深

知這個可怕的負荷的。

希望與抱負，真的，都被他作品中的陰鬱面抵消了。魯迅似乎是描寫死之醜惡的老手，不僅在他的散文詩中，在他的短篇小說中亦然。他小說中的許多人物臉色蒼白，眼神呆滯，舉動遲緩，甚至在死亡降臨之前，看起來就已跟死屍差不多了。葬禮、墳墓、行刑，尤其是砍頭，甚至連疾病，都是他創作中一再出現的主題。死亡的陰影以種種不同的形式侵襲入他的作品，從一種陰險的恐嚇，如「狂人日記」中狂人對死亡的想像之恐懼，經「祝福」中祥林嫂安靜的去世，到真正的恐怖：「藥」中被砍頭的烈士和癆病鬼，「白光」中那個追著虛幻的白光掉進萬流湖溺死的老學究，和「孤獨者」中齜牙而笑的死屍都有。「阿Q」的喜劇收場也許有它可喜的一面——當死亡降臨這個無知的村夫時。

有一樣是魯迅絕對厭惡的——就是那個只有「腐朽的名教，僵死的語言」⑩的舊中國。從他的公開言論和文學創作

裡，可以看出魯迅對死⑪本身的恐懼，遠不如他對象徵逝去的時代的死亡之恐懼來得厲害。這裡產生了一個有趣的問題：舊中國和死亡，他究竟比較痛恨那一個？如果我們當他是五四運動中知識份子的領袖，那他嫌惡的該是前者。但倘我們視他為病態的天才，那他討厭的就可能是後者了。他對革命的熱忱僅使他有力量忍受他背負的鬼魂。

魯迅真的研究了靈魂不朽的問題。「祝福」裡，可憐的祥林嫂問第一人稱的敘述者：「一個人死了之後，究竟有沒有靈魂的？」她能得到的是個不置可否的回答。一九三六年，在他死前數月，魯迅寫到：

> 三十年前學醫的時候，曾經研究過靈魂的有無，結果是不知道。

這話聽起來頗像出自孔夫子之口；至少它是一位科學發

言人的坦誠之言。但終魯迅一生，他對靈魂不朽的問題一直不曾解決。在此生後面的一片空白到底不是醫學所能看得穿的。它一直是一個神秘的謎。而它對他產生一種和對孔夫子，或對他自己的兄弟周作人⑫完全不同的影響。

因此，和舊中國同為他所厭惡的死亡，也有其迷人處。魯迅從未能決定對這兩件他所厭惡的問題該採取什麼立場。他對當時爭論的問題所採取的極端態度，和他的積極鼓吹進步、科學與開明風氣，都是眾所周知的。但這並不構成他的整個人格，也不能代表他的天才；除非我們把他對他所厭恨的事物之好奇，和一份秘密的渴望與愛慕之情也算進去。把魯迅看做一個報曉的天使，實在是誤解了這個中國現代史中較有深度的人，而且是一個病態的人。他確曾吹起喇叭，但他吹出的曲調卻是陰鬱而帶譏刺，既包含著希望，也表達絕望，是天堂的仙樂和地獄的哀歌之混合。

魯迅文體的某些特色確實暗示著一隻喇叭。他常用的工

具叫「目連號筒」。在他一九二六年所寫的「無常」中有極生動的描述。在目連戲（關於這個，我們等會兒還會再提到）的戲臺上，在無常奉閻王令出來拘「壞人」的鬼魂之前，你會聽到：

> 這樂器好像喇叭，細而長，可有七八尺，大約是鬼物所愛聽的罷，和鬼無關的時候就不用；吹起來，Nhatu, nhatu, nhatututuu 地響，所以我們叫它「目連嗐頭」⑬。

然後無常就出現了，首先就打一百零八個噴嚏，表示這世界的人不適合他敏感的鼻子。觀眾都為他的滑稽突梯而發笑。他全身縞素，頭戴一頂滅火器式的高帽。他蹙著像瀝青一般黑的眉毛，從他臉上，你看不出他究竟在哭還是在笑。他的臉很白，嘴唇很紅。而魯迅開玩笑似的用了一個通常用

來形容美女的成語，來形容無常臉上這一副化妝強烈的色彩：「粉面朱唇」。

一九三六年，魯迅寫了一篇關於「目連戲」裡另一個鬼魂的故事：「女弔」⑭。他說，無常代表一種對死亡的「無助」與「無所謂」的態度，「女弔」卻較其他任何鬼都要美些，強些。因為她帶有某種「復仇的天性」。但其復仇動機是魯迅杜撰的，因為就他記憶所及，在真正演出中，那女鬼在用哀怨的音調和可怕的表情細數她那以自殺了結的悲慘的一生之後，在聽到另一個女人要自殺時，表示「異常驚喜」。在七月間紛渡「鬼節」的迷信的中國人認為，自殺而死的鬼魂，要在找到「替身」，或找到同樣的方法自殺的人（在這故事裡的例子就是上吊）之後，才能再入輪回。「女弔」在她的怨懟當中或曾表示過要對那些在她生前錯待她的人施以報復，但當她得到保證她將得到「替身」能夠再投胎為人時，自利的觀念，戰勝了正義。她渴盼攫取另一個無辜者的

生命，而寧願饒了那些壞人。

魯迅想把道德觀念放入「目連戲」中的「女弔」這篇故事中去，但他並沒有真正的發揮復仇動機。這一篇的文體，和「無常」一樣具有可喜的輕嘲，和活潑的精神。他是這樣介紹那女鬼的：

> 自然先有悲涼的喇叭；少頃，門幕一掀，她出場了。大紅衫子，黑色長背心，長髮蓬鬆，頸掛兩條紙錠，垂頭，垂手，彎彎曲曲的走一個全臺……
>
> 她將披著的頭髮向後一抖，人這才看清了臉孔：石灰一樣白的圓臉，漆黑的濃眉，烏黑的眼眶，猩紅的嘴唇……假使半夜之後，在薄暗中，遠處隱約著一位這樣的粉面朱唇，就是現在的我，也許會跑過去看看的，但自然，卻未必就被誘惑得上吊⑮。

無疑的，魯迅背負了一些鬼魂。但他們未必如上述那些文章所描述的那般可憎。他甚至偷偷地愛著其中的某幾個。他對「目連戲」中的鬼魂就有一份溺愛。很少作家能以如此的熱忱來討論一個可怕的題目。這兩篇文章的難能可貴處，乃在於他們出自魯迅之手：這麼一個社會改革家，居然會對流傳的迷信懷有同情。魯迅和對民俗故事做了許多精妙客觀的研究的周作人不同，他的興趣是非純學術性的。他入迷的望著那些鬼，然後再拿他們開玩笑。他讓自己的幻想無羈地馳騁在這題目上，而且興高采烈地去尋找我們有沒有愛鬼的理由。運用他靈活的想像力，他把他們帶回人間，並且深情地把他們介紹給讀者。

據周作人說，「目連戲」，或「目連僧傳」，是一九〇〇年左右，中國留存的惟一宗教劇⑯。印度傳說移植於中國民間文學的最早證據見諸於敦煌存稿——「大目乾連冥間

救母變文」。這戲相當長。據「東京夢華錄」記載，在宋朝，它可以從七月八日到十五日晚，連演一星期。在離魯迅故鄉紹興西南約四十五里的小鎮，新昌，這戲在年會中通常都演七晝夜（總共演出三、四十個小時），直到一九四三、四四年間禁演才罷。可是魯迅小時候看的，卻是從黃昏演到翌日天明。即使在這縮短了的戲裡，它似乎也還包含許多成份：有唱，有舞，有特技，有諷刺，有廢話和報應的教訓，有可怕的迷信和得救的信仰。它主要的情節是敘述如來佛的徒弟，即目連僧，下地獄拯救因罪受刑的母親。地獄中的可怕事物，混雜著一些聖僧也目睹的有趣的插曲，因此全戲有使人驚恐處，也有娛人處。而使這種宗教劇更為有趣的是，大部份的演員都是業餘的。當地的屠夫、木匠、更夫等，穿著破舊的戲裝，很容易被觀眾，尤其是小孩子們認出來⑰。它留給魯迅和他那較穩健的兄弟周作人以極深的印象。

無疑的，有許多因素影響著魯迅的文學生涯，歷史和讀

書之廣博最是常被注意到的。但我想提醒大家注意他所創造的小說世界和目連戲中的世界間的相似處：兩者同具有恐怖、幽默，和最後得救的希望。這樣說也許扯得太遠了，但我確以為對於魯迅來說，中國是他那犯了罪的可恥的母親，而她的兒子必須承擔和洗刷他的罪愆；不管他在訪冥府時所扮演的是一個英勇的匪徒，或是尼采的「超人」。這戲裡有些插曲，由農人和村夫演來，帶有一點古拙的美和怪誕的純樸，十分適合魯迅的小說世界。在那許多在賑孤時趕來集結在臺上的鬼魂中，有一群死於闈場中的「闈場鬼」，手裡拿著毛筆，搖搖晃晃地走上來。讀者們也許會想起魯迅的「孔乙己」和「白光」中可憐的主角。周作人想起這一幕：有個人正讀著客廳牆上掛著的一幅立軸上的字，意思是：

紅日東升，
新娘沐身。

公公窺視。
別看呀！公公！
婆婆瞧著呢！

然後這個人像行家一般，說道：「那是唐伯虎的款啊呀！真是傑作！」⑱這種粗俗的幽默頗令人想起魯迅在「肥皂」中更細膩的諷刺。周作人又記起一個笨泥水匠，他全心全意工作，結果把自己也砌進牆裡。在另一齣裡，一個挑水的抱怨說：「說好工資是十六文一擔，可是怎麼又弄成十六擔一文。挑了一天水，我只賺到三文錢。」還有一齣叫「張猛打爹」，做父親的說：「從前我們打爹的時候，如果爹跑了，我們就不打了。可是現在呢？就算他跑開了，做兒子的還是追上去打，打個沒完的。」這一類的不幸和笑料，魯迅創造的角色雖不一定都遇到，至少阿Q，這位集中國生活荒謬大成的神化人物，都碰上了。

在目連戲中最特出的角色是無常和女弔，他們可怕的面目給魯迅一生一種奇異的魔力。他們成為兩篇古怪的文章描寫的對象。而魯迅在這兩篇裡施展了他最好的文學技巧。如把它們和魯迅全部的創作放在一起，我們可以發現那些鬼不僅使他有機會施展學問和才華，有地方記載下他的鄉愁。他們代表某樣意義更深的東西：死亡的可怖與美麗，以及藏在濃脂艷抹的面具後的人生的奧秘。魯迅在探尋這種奧秘方面並沒有太大的成就；他還是在憤怒地反對社會的罪惡方面較有表現。但使他和同代作家不同的是，他承認了這種奧秘，且從不曾否定它的力量。他甚至被生命中的黑暗力所懾服；他對那些離了社會環境而孤立的小人物也有情感，這可從他好幾篇最佳的短篇小說，「野草」中的散文詩，和其他小品文中看出來。在中國的社會改革問題變質之後，這些作品也許仍將流傳下去。誠然，若以五四運動為揭　除舊布新的普及運動，則魯迅並非代表人物。他所代表的應是新與舊的衝

突及其他超越歷史的更深的矛盾。他從沒有達到同代的二位作家，胡適和周作人所享受的寧靜境界，但他的天才很可能比他們高。

胡適才是五四運動的真正代表，他的致力於進步，顯得不含糊而且貫徹始終；他的一生充滿了穩定，安詳的樂觀的光輝。在他的文明世界裡，鬼魂是沒有力量的。一九二七年，他去了巴黎以後，人家問他為什麼化十六天在敦煌存稿上，而忽視了路易巴斯德研究所。他的答覆是：

> 我披肝瀝膽地奉告世人：只為了我十分相信「爛紙堆」裡有無數無數的老鬼，能吃人，能迷人，害人的厲害勝過巴斯德（Pasteur）發現的種種細菌。只為了我自己相信，雖然不能殺菌，卻頗能「捉妖」「打鬼」⑲。

他的誇口當然只能姑妄聽之。但如果有人細審他滑稽的語調，將會懷疑胡適是否真正相信那些「老鬼，能吃人，能迷人」。和那些教魯迅著魔的鬼相比，胡適的都是些可憐無害的小鬼，能被在圖書館裡研究的學者鎖住、制伏。

我說過周作人寫了許多篇關於中國民俗學的學術論文，但鬼對他也有一種象徵性的意義。周作人今天不管是被當作反動派也好，保守派也好，這兩個頭銜雖被一般人公認，要大家斟酌才能接受。身為五四運動中興起的作家，他對舊中國的種種邪惡也沒什麼同情。在一九一九年以後，中國採取了大異他初志的形式之後，他從前鋒地位中撤退下來。他之厭惡新中國並不因寧可要舊中國，而是因為它們有共同的醜惡處。從「現在」中，他看到「過去」的陰魂。一九二五年，當舉國掀起「反帝國主義」的怒潮時，也就是「五卅」運動時，他尖酸地表示這並非「中國的文化復興」。

胡適的樂觀和周作人的悲觀在魯迅作品中可以找到呼

應，他和他們同樣地不滿現狀。所不同的是，他包羅的東西更廣博。未來在激進派和胡適等溫和派的眼中看來是非常光明的，在他細察之下卻無法永遠埋藏它的黑點。當周作人、林語堂等人想再發現一個安詳、更可愛的傳統中國時，「過去」對魯迅仍然是可詛咒的，可憎的，但卻又有吸引人的地方。他的問題比他同代作家所碰到的更複雜，更迫人；從這方面來說他才是那充滿問題、矛盾，和不安的時代的真正代表。把他歸入一種運動，派給他一個角色，或把他放在某一個方向裡都不啻是犧牲個人的天才而讚揚歷史粗枝大葉的泛論。到底魯迅所處的時代，即使把它當作一個過渡時期看，是什麼樣的時代呢？用光明和黑暗等對比的隱喻永遠不能使人完全瞭解它，因為其中還有一些有趣的，介乎暗明之間深淺不同的灰色。大末明時有幢幢的鬼影，陰森的細語和其他飄忽的幻象。這些東西在不耐煩地等待黎明時極易被忽視。魯迅即是此時此刻的史家，他以清晰的眼光和精神的感觸來

描寫；而這正是他有心以叛徒的姿態發言時所缺少的特質。他對一些較黑暗的主題的處理尤為重要，因為沒人知道天未明的時間（如非地面上的，至少是人心中的）究竟要持續多久。

魯迅個人對時艱的敏感並未得到在中國的後繼者及評論者的充分賞識，但他們正像那些較小的英雄好漢一樣，也許相信他們能享受一些陽光全要歸功於他的力撐「黑暗的閘門」。魯迅天才的一面——閃爍的機智和用字的精煉，具有光華奪目的效果，這方面吸引了很多讀者的注意。我曾經指出魯迅是創造革新派散文的泰斗，因那些文章常無條件地隨意褒貶，態度既不能公正，內容也無法真實。對那些較小的叛逆者來說，這種由世故，過度簡化，和情感偏激所合成的文體已成為詮釋中國生活所仰賴的工具。我不知道在一九一九年提倡白話文運動之後，有多少「民眾的語言」曾被認真地研究過；耳熟能詳的只是一位機敏的憤怒者的聲音

罷了。由於魯迅的文體能自成一格，機敏與憤怒在白話文裡生了根，後起的白話文作家很難擺脫它們。在白話文的發展中，這種仰賴機智，依賴仇恨和侮辱的字彙的趨向，和這種真的把中國語文的坦途縮小的責任都應由魯迅來負。但這種文體對模仿者有很大的限制，魯迅本人在其中卻是遊刃有餘。他能教可惡的黑暗和鬼魂做任何事情；他高興時甚至能把他們拉過來愛撫一番。效顰的人卻會被這些可憎的隱喻所嚇退，再也不願看它們一眼。

魯迅的確是一個情感不穩定的人。他可以有時悲，有時喜，有時古怪，有時憤怒，有時輕鬆愉快，有時冷酷無情。目前一般人心中的魯迅，他的尖酸和先見之明總被過分強調了。我能輕而易舉地鋪敘魯迅在其他方面的天才，給他一個比較不偏倚的畫像，或舉出比這篇文章裡所收更多的例子來證明他天才的病態，使他看起來更像卡夫卡的同代人而不是雨果的。但那樣做僅是我企圖的一部份。我想跟著魯迅喜怒哀樂無常的情緒跑，其徒勞無功正如他把他的意見和情感浪費在雜文上一樣可悲，儘管那些文章寫得極為出色，他不是不能把各種情緒「融合」成一體，以更大的象徵統一性把他眼中的世界充分地反映出來。他不是不可能更認真地熟慮他內心的衝突，這些衝突他的讀者瞭如指掌，但在藝術的結構中留著未決。就一位修辭家來說，他寫出來的「似非而是的怪論」沒一句不俏皮，但他的私人生活和現代中國生活的矛盾，希望與絕望之間的衝突，及比衝突更微妙的東西——那光明漸沒入黑暗中，或黑暗逐漸化為光明的幾乎無法描述的過程，那進退維谷的影子，他的存在受光明和黑暗兩者的威脅——在他的作品中實找不到一個象徵性的相等的東西。「阿Q正傳」也許可算是配得上，但它在結構上有缺點。

近代中國文學的一個謎是魯迅的小說作家生涯。他開始時極有希望，可惜沒繼續下去，我在這篇東西裡不擬為此提出任何解釋。但是由於缺乏一部長篇巨著，他那些研究生活

黑暗面的短篇小說也可算得上是次一等的傑作。此外，他的散文詩和好幾篇小品文（尤其是收在「朝花夕拾」裡的）都是被鄉愁，帶有無助感的同情，孤獨奮鬥中失敗的預兆，和荒蕪敗落的景色所籠罩。希望以烈士墓上的花（在「藥」中），或阿Q騎馬赴刑場誇口說的「二十年後」，或為求個人利益忘掉報仇的女弔死鬼的形式出現。我相信任何魯迅的選集都不能排斥掉這些以及其他的鬼。

魯迅在談「女弔」的那篇文章裡告訴我們他在小時候常參加一種念咒的儀式，作為過節開頭時演目連戲的先聲。一個穿著有鱗甲的服裝的戲子，臉上塗青，據說是鬼王。十來個小孩子，魯迅也在其中，把臉胡抹亂塗，成為他的鬼僕囉。日落時分他們騎著馬下鄉去。直到找到一些無名的孤墳為止。騎著馬繞了三匝就下馬，一邊厲聲大叫，一邊把頭上開叉的長矛向墳上擲去。很快地把矛拔出來，他們就上馬疾馳歸去。然後他們把矛插入戲臺的木板上。這樣子人家就想

鬼已經請來了，目連戲也就開始，魯迅當然從來沒看見他的矛頭帶回家的鬼。但是用他的筆，他創造了這些鬼，他們也從此刀槍不入，沒人能把他們弄死。

本篇原文刊於亞洲學會季刊
第二十三卷第二期（一九六四年二月號）

註：

①見「說唐」第四十回。
②見「我們現在怎樣做父親」，收在魯迅《墳》集內。
③見「寫在墳的後面」。
④「青年必讀書」。
⑤「死」，收在《且介亭雜文》末編內
⑥「死火」，收《野草》內。
⑦「我的失戀」，收《野草》內。

⑧「影的告別」，收《野草》內。
⑨「墓碣文」，收《野草》內。
⑩「隨感錄五十七：現在的屠殺者」，收《熱風》內。
⑪「死」，收《野草》內。
⑫周作人說他不相信靈魂的不朽，見其「談鬼論」，收《瓜豆集》內。
⑬「無常」，魯迅全集卷二。
⑭「女弔」，收《且介亭雜文》末編附集內。
⑮同注。
⑯「談目連戲」，見周作人《談龍集》。
⑰周作人在「談目連戲」中曾提及業餘演員。
⑱這個及後面的插曲見周人作的「談目連戲」。
⑲「整理國故與『打鬼』」，《胡適文存》，第三集，一二五頁。

談魯迅

夏志清

魯迅是中國最早用西式新體寫小說的人，也被公認為最偉大的現代中國作家。在他一生最後的六年中，他是左翼報刊讀者群心目中的文化界偶像。自從他於一九三六年逝世以後，他的聲譽更越來越神話化了。他死後不久，二十大本的《魯迅全集》就立即出版，成了近代中國文學界的大事。但是更引人注目的是有關魯迅的著作大批出籠：回憶錄、傳記、關於他作品與思想的論著，以及在過去二十年間，報章雜誌上所刊載的紀念他逝世的多得不可勝數的文章①。中國現代作家中，從沒有人享此殊榮。

這種殊榮當然是中共的製造品。在中共爭權的過程中，魯迅被認作一個受人愛戴的愛國的反政府發言人，對共產黨非常有用。甚至於從未輕易讚揚同輩的毛澤東，也在一九四〇年「新民主主義論」一文中，覺得應該向魯迅致以最高的敬意：

在「五四」以後，中國產生了完全嶄新的文化生力軍，這就是中國共產黨人所領導的共產主義的文化思想，即共產主義的宇宙觀和社會革命論。……而魯迅，就是這個文化新軍的最偉大和最英勇的旗手。魯迅是中國文化革命的主將，他不但是偉大的文學家，而且是偉大的思想家和偉大的革命家。魯迅的骨頭是最硬的，他沒有絲毫的奴顏和媚骨，這是殖民地半殖民地人民最可寶貴的性格。魯迅是在文化戰線上，代表全民族的大多數，向著敵人衝鋒陷陣的最正確、最勇敢、最堅決、最忠實、最熱忱的空前的民族英雄。魯迅的方向，就是中華民族新文化的方向②。

當然，在中共把他棒為英雄以前，魯迅已經是一位甚受推崇的作家。沒有他本人的聲望作基礎，中共也不必費力捏造出如此一個神話。另一個值得注意的史實是：最初稱譽魯迅才華的是自由主義派的評論家如胡適和陳源，而共產主義派的批評家，在一九二九年魯迅歸順他們的路向以前，一直對他大加攻擊③。在三十年代和四十年代期間，這個魯迅的神話對於共產黨特別有幫助，因為他的作品可以用來加強國民黨食污和腐敗的印象。今大這個神話的效用已經有點過時，不過把魯迅仍視為「國家英雄」，對於中共政權還是有利的，雖然中共卻極力阻止任何人模倣他的諷刺文體。

魯迅（本名周樹人）在一八八一年生於浙江紹興，是一個破落之家的長子。他的家庭雖然破落，卻仍保有書香世家的傳統。魯迅在南京水師學堂讀了一段時期，就和其弟周作人以公費赴日留學，選讀醫科，因為他相信醫學最足以救助國人。他雖然在預科和本科學校中為他的醫生行業而努力讀

書，但同時也對西方文學和哲學發生興趣。他可以念日文和德文著作，並且讀了不少尼采、達爾文，以及果戈爾、契柯夫、和安德烈也夫等俄國小說家的作品。這些人對於他以後的寫作生涯和思想，一直有極大的影響。

魯迅最後決定以寫作為職業，因為他有一次在課餘放映的時事畫片上看到自己的國人備受凌辱。時為一九〇四～〇五年的日俄戰爭，在銀幕上一個中國人被日本人捉住，認為是俄國的偵探（間諜），正要被砍下頭顱，而一覃中國人好奇地圍觀這件「盛舉」，毫不感到恥羞。許多年以後，魯迅在他的第一本小說集「吶喊」（一九二三）的自序中提到這件事：

> 從那一回以後，我便覺得醫學並非一件緊要事，凡是愚弱的國民，即使體格如何健全，如何茁壯，也只能做他無意義的示眾的村料和看客，病死

多少是不必以為不幸的。所以我們的第一要著，是在改變他們的精神，而善于改變精神的是，我那時以為當然要推文藝，于是想提倡文藝運動了④。

魯迅在東京籌備辦一個雜誌，名叫「新生」，但計劃終歸失敗。他用文言體寫了幾篇說教性的文章，促使國人注意達爾文主義優勝劣敗的教訓，並接受尼采的英雄事業的號召。這些文章後來都收在《墳》這個集子裏，魯迅當時又譯了三篇小說（安德烈也夫兩篇，加辛〔Garshin〕一篇），刊在周作人編的兩冊《域外小說集》中。這兩本小說集，每本在東京只賣了二十冊左右。

魯迅在文藝嘗試上失望之餘，於一九〇九年回到中國，在杭州和紹興的幾間中學教了三年生物。一九一二年民國政府成立，他接受了教育部一個僉事職位，就遷居北京。在北京的最初幾年，魯迅仍扮演一個隱士的角色，埋首於中國文

學典籍的研究。文學革命使他重振對文藝的雄心。在留日時期的朋友錢玄同盛邀之下，魯迅為一九一八年五月號的「新青年」雜誌寫了一篇小說「狂人日記」，此後幾個月中，他為這本雜誌寫了不少有關當時情況的短文、評論、和感想，後來遂有「雜感」或「雜文」這個名稱。一九一九年他又發表了兩篇小說：「孔乙己」和「藥」。一九一九——二〇年冬，魯迅已成了名作家，而且他在政府的閒差和新任北大中文系講師的收入，也使他在經濟上有了保障，所以他就返鄉把舊房子賣了，並把母親迎來北京居住。這次還鄉，在他的寫作生涯中，真可說是適逢其會。

如果魯迅最初的三篇故事（無疑地都是以紹興為背景）有任何代表性的話，他的故鄉顯然是他靈感的主要源泉。他從日本回國後，曾在故鄉教過書，那是多年以前的事，當時紹興仍在清廷統治之下。現在，他第二次返鄉，發現雖然辛亥革命表面上是成功了，故鄉的一切顯然並沒有甚麼改變，

他對於自己出生地的鄉土之情，竟然演變成一種帶有悲哀和憤慨的同情之心。而且，魯迅已年屆四十，他曾度過了一個相當靜默的青年時代，感情並沒有枯竭，因此，在反映他二度返鄉的作品——譬如「故鄉」、「祝福」、「在酒樓上」——魯迅所運用的小說形式，要比其他未成熟的青年作家複雜得多。我們可以把魯迅最好的小說與「都柏林人」互相比較：魯迅對於農村人物的懶散、迷信、殘酷、和虛偽深感悲憤；新思想無法改變他們，魯迅因之摒棄了他的故鄉，在象徵的意義上也摒棄了中國傳統的生活方式。然而，正與喬伊斯的情形一樣，故鄉同故鄉的人物仍然是魯迅作品的實質。

魯迅的最佳小說都收集在兩本集子裏：上述的第一集《吶喊》，和第二集《彷徨》（一九二六）。這兩本小說集，和好幾本散文集，以及他的散文詩集《野草》，都是他在北京創作力最強時期的作品。自從他在一九二六年八月離開北京以後（當時北京在一個強有力的軍閥控制之下，已經變成

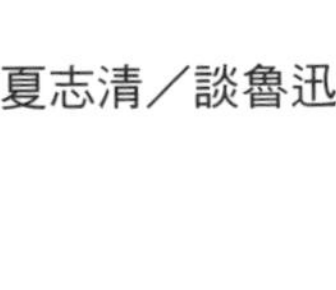

了反動勢力的大本營），他已大不如前。因為這是他一生中的一個重大轉捩點，所以我們也應該先就他的最佳小說，以出版先後為序，分別討論，然後再繼續敘述他的生平。

《吶喊》集中的第一篇小說「狂人日記」，非常簡練地表露出作者對中國傳統的看法。「狂人」患了時時怕被人迫害的心理病，所以他以為四周所有的人物——包括他自己的家人——都要把他殺了吃掉。為了證實自己的疑懼，他有一天晚上翻開一本歷史書：「這歷史沒有年代，歪歪斜斜的每葉上都寫著『仁義道德』幾個字。我橫豎睡不著，仔細看了半夜，纔從字縫裏看出字來，滿本都寫看兩個字是『喫人』！」⑤所以不論如何仁義道德，傳統的生活所代表的正是禮教吃人。在故事的結尾，狂人許了一個願，對於中國讀者這已是家傳戶誦：「沒有喫過人的孩子，或者還有？救救孩子……」⑥

魯迅對於傳統生活的虛偽與殘忍的譴責，其嚴肅的道德

意義甚明，表現得極為熟練，這可能得力於作者的博學，更甚於他的諷刺技巧。作者沒有把狂人的幻想放在一個真實故事的構架中（本來沒有人要吃他），所以魯迅只有加油加醋，把各種中國吃人的習俗寫進去，而未能把他的觀點戲劇化。然而，作為新文學的第一篇歐化小說（「狂人日記」的題目和體裁皆出自果戈爾的一篇小說），「狂人日記」仍然表現了相當出色的技巧，和不少諷刺性。故事開端的介紹說狂人「已早愈，赴某地候補矣」⑦，作正常人的代價，似乎便是參加吃人遊戲的行列。

「孔乙己」是魯迅的第一篇抒情式的小說，是關於一個破落書生淪為小偷的簡單而動人的故事。孔乙己是酒肆中唯一和窮人交往的讀書人，用了一大堆之乎者也來辯白偷書不是賊。但這只贏得眾人的揶揄和嘲弄，因為他偷書，所以他時常被當地士紳打得鼻青眼黑，直到他在眾人不知不覺中死去。他的悲劇是在於他不自知自己在傳統社會中地位的日漸

式微，還一味保持著讀書人的酸味。這個故事是從酒店裏溫酒的小夥計口中述出，它的簡練之處，頗有漢明威早期尼克·亞當斯（NickAdams）故事的特色。

「藥」較前兩篇小說的表現更見功力，它既是一篇對傳統生活方式的真實暴露，也是一篇革命的象徵寓言，更是一個鋑述父母為子女而悲痛的動人故事。作者自稱之為「安特萊夫（安德烈也夫）式的陰冷」⑧，真是不錯。故事是說一個名叫夏瑜的青年，因為參加推翻滿清的革命運動而被斬首。在同一個城裏，另一青年華小栓因肺癆病而奄奄待斃。華的老父執於迷信，向劊子手買來半個沾了革命烈士鮮血的饅頭，以為吃了可以使兒子起死回生。華把饅頭吞下去，結果還是死了。

這兩個青年之死，情形雖個別不同（一個是為理想而犧牲的烈士，一個是無知愚昧的犧牲品），可是對他們的母親說來，他們怎樣死去是不重要的。做母親的丟了兒子，感覺

到的只是一種難以名之的悲傷，一種在中國封建社會生活中不但要接受，而且還要忘懷的悲傷。這兩位青年死後，葬在相距不遠的地方。一個寒冷的一早上，這兩位母親到墳上去哭兒子時，碰在一起；她們所感到的痛苦，可說是完全相同的。

魯迅在這篇小說中嘗試建立一個複雜的意義結構。兩個青年的姓氏（華夏是中國的雜稱），就代表了中國希望和絕望的兩面，華飲血後仍然活不了，正象徵了封建傳統的死亡，這個傳統，在革命性的變動中，更無復活的一可能了。夏的受害表現了魯迅對於當時中國革命的悲觀，然而，他雖然悲觀，卻仍然為夏的冤死表示抗議。當夏的母親去探兒子的墳的時候，她發現墳上有一圈紅白的花，可能是他的同志放置的，她幻想巡正是她兒子在天之上未能安息的神奇兆示：

那老女人又走近幾步，細看了一遍，自言自語的說，「這沒有根，不像自己開的。——這地方有誰來呢？孩子不會來玩；——親戚本家早不來了。——這是怎麼一回事呢？」他想了又想，忽又流下淚來，大聲說道：

「瑜兒，他們都冤枉了你，你還是忘不了，傷心不過，今人特意顯點靈，要我知道麼？」他四面一看，只見一隻烏鴉，站在一株沒有葉的樹上，便接看說，「我知道了。——瑜兒，可憐他們坑了你，他們將來總有報應，天都知道；你閉了眼睛行就是了。——你知道真在這里，聽到我的話，——便教這烏鴉飛上你的墳頂，給我看罷。」

微風早經停息了；枯草支文直立，有如銅絲。一絲發抖的聲音，在空氣中愈顫愈細，細到沒有，周圍便都是死一般靜。兩人站在枯草叢裏，仰面看

那烏鴉；那烏鴉也在筆直的樹枝間，縮首頭，鐵鑄一般站著⑨。

老女人的哭泣，是於她內心對於天意不仁的絕望，也成了作者對一革命的意義和前途的一種象徵式的疑慮。那筆直不動的烏鴉，謎樣地靜肅，對老女人的哭泣吧無反應：這一幕淒涼的景象，配以烏鴉的戲諷刺性，可說是中國現代小說創作的一個高峰。

在「故鄉」中魯迅又再度攻擊傳統社會習俗的約束。在這個故事裏，作者在返鄉途中遇到了閏土——他童年的遊伴，現在已是歷盡人世、有家室之累的人了。作者回憶兩人童年在一起玩樂的時光，但是現在閏土只不過是一個農民。閏土深知自己和兒時同伴之間在經濟與社會上地位的不同，所以恭謹地保持距離。作者親熱地叫他「閏土哥」，他只回稱「老爺」，然而作者的姪兒和閏土的兒子卻變成了友伴。當魯迅再度離開故鄉的時候，他不禁臆想這一份新的友情是

否能持久，年輕的一代將來是否能享受新的生活：

> 我想到希望，忽然害怕起來了。閏土要香爐和燭臺的時候，我還暗地裏笑他，以為他總是崇拜偶像，什麼時候都不忘卻。現在我所謂希望，不也是我自己手製的偶像麼？只是他的願望切近，我的願望茫遠罷了⑩。

在這一段文字中，魯迅表露出他最佳作品中屢見的坦誠，他雖想改造社會，但他也深知為滿足自己的道德意圖而改變現實，是一種天真之舉。「故鄉」這篇小說的雋永，頗像一篇個人回憶的散文。事實上，《吶喊》集中有幾篇根本不能稱為短篇小說。「社戲」使是一淪關於作者兒時的美妙述。

《吶喊》集中的最長的一篇當然是「阿Q正傳」，它也是現代中國小說中唯一享有國際盛譽的作品。然而就它的藝

術價值而論，這篇小說顯然受到過譽：它的結構很機械，格調也近似插科打諢。這些缺點，可能是創作環境的關係。魯迅常時答應為北京的「晨報」副刊寫一部連載幽默小說，每期刊出一篇阿Q性格的趣事。後來魯迅對這個差事感到厭煩，就改變了原來計劃，給故事的主人翁一個悲劇的收場，然而對於格調上的不連貫，他並沒有費事去修正。

「阿Q正傳」轟動中國文壇，主要因為中國讀者在阿Q身上發現了中華民族的病態。阿Quei（這個名字被縮寫為阿Q，因為作者故弄玄虛，自稱決定不了用那一個作「Quei」音的中國字）是清末時中國鄉下最低賤的一個地痞。從他屢次受辱的經驗裏，他學到了一個法則：被欺侮的時候感到「精神勝利」，而遇到比他身體更弱小的人，他就欺凌對方。但是因為大部分的村人都比他健壯，經濟情況比他好，阿Q就只好生活在自我欺騙的世界裏，任人侮辱，每遇到不如意的事，他就自己打氣，在失敗面前裝作一副自命不凡的

樣子。在中國讀者心目中，這一種性格，是對於國家近百年來屢受列強欺侮慘狀的一大諷刺。

「阿Q正傳」對於中國近代史尚有另一層的諷刺意義，阿Q最後被處死，因為他急於參加革命。在他樹敵於村中的首富之後，他流浪到城裏，與一群小偷為伍，於是聽到了推翻滿清的革命傳聞，此後他每次回到村中販賣他偷來的東西，就大吹大擂地談到革命，好像他親自參加過一樣。他這樣做，一方面為了自我標榜、重振聲威，另一方面也想去恐嚇那些虐待過他的地方紳士。他自稱是革命分子，因為他微微地感覺到革命可以立新權，也可以了舊賬。然而，最妙的是當革命黨進了村子以後，反而與當地士紳聯合把阿Q以搶劫案治罪。這個無辜無助的人物，雖想依靠革命黨人，他們竟能與士紳勾結而把他摒斥於革命行列之外。魯迅在此把阿Q之死與辛亥革命的失敗連在一起，認為革命絲毫沒有改善窮苦大眾的生活。他把小說的讀者也斥為同犯，並且暗示將

來當世界上所有的阿Q甦醒以後，他們所作所為的可能性。由此看來，這個故事的主人翁非但代表一種民族的弊病，也代表一種正義感和覺醒，這是近代中國文學作品中最關心的一點。

《彷徨》收集了一九二四至二五年間寫成的十一篇小說。就總體而論，這一個集子比《吶喊》更好，但是由於它主要的氣氛是悲觀沮喪的，所以並沒有受到更熱烈的好評。然而作者自己是知道它的優點的。關於這個集子不如前集之受歡迎，他曾帶有自嘲意味地說：「此後雖然脫離了外國作家的影響，技巧稍為圓熟，刻劃也稍加深切，如『肥皂』，『離婚』等，但一面也減少了熱情，不為讀者們所注意了。」⑪正因為個人的喜怒哀樂在此已經淨化，我們幾乎可以公認這個集子中的四篇佳作——「祝福」、「在酒樓上」、「肥皂」和「離婚」——是小說中研究中國社會最深刻的作品。

「祝福」是農婦祥林嫂的悲劇，她被封建和迷信逼入死

路。魯迅與其他作家不同，他不明寫這兩種傳統罪惡之可怕，而憑祥林嫂自己的真實信仰來刻劃她的一生，而這種信仰和任何比它更高明的哲學和宗教一樣，明顯地制定它的行為規律和人生觀。在這個故事中，她所隸屬的古老的農村社會，和希臘神話裏的英雄社會同樣奇異可怕，也同樣真實。「封建」和「迷信」在這裏變得有血有肉，已不僅是反傳統宣傳中所用的壞字眼。

祥林嫂的丈夫死了以後，她的婆婆要把她賣給另一個人為妻。她誓死抗爭，為了保全她的貞節，她逃到魯鎮（魯迅故鄉的假名）做傭工，但是她的婆婆終於找到了她，把她嫁給山上的另一個農夫。兩年以後，她的第二任丈夫也死於傷寒，她的兒子也被狼吃了，祥林嫂不得不再回到魯鎮，在同一家做傭工。

祥林嫂自己已經很悲傷，但她回來後境遇更慘，因為別人認為她不祥，她的女主人也禁止她幫忙祭祀大典。於是她

對於自己的「不祥」日漸惦記於懷，對於自己將來的命運也感到悲觀。主人家另一女傭人談到她到陰間後必受的災苦：

「祥林嫂，你實在不合算。」柳媽詭秘的說。「再一強，或者索性撞一個死，就好了。現在呢，你和你的第二個男人過活不到兩年，倒落了一件大罪名。你想，你將來到陰司去，那兩個死鬼的男人還要爭，你給了誰好呢？閻羅大王只好把你鋸開來，分給他們。我想，這真是……。」

她臉上就顯出恐怖的神色來，這是在山村裏所未曾知道的。

「我想，你不如及早抵當。你到土地廟裏去捐一條門檻，當你的替身，給千人踏，萬人跨，贖了這一世的罪名，免得死了去受苦。」⑫

這一個想像的宗教世界是充滿了迷信的，但作者對這個世界很認真，所以不論它如何古怪殘酷，它看起來還是真實的。

「祝福」的故事開端很和緩：村人正忙看準備過年，魯迅剛回到故鄉，祥林嫂此時已淪為乞丐，他和祥林嫂有一次怪異的談話，談的是魂靈之有無，這一席談話反而使祥林嫂更堅定她自殺的意念。魯迅在事後對於這個女人遭遇感到惋惜和悲傷，使他自己也益感孤獨。這一個城鎮已不再是他生活的一部分。這些個人的感觸，使這一個冷酷的傳統社會的悲劇增加了幾分感情上的溫暖。

「在酒樓上」也是描述作者在一九一九——二〇年冬回紹興小住時的個人經驗。有一天「我」在一家酒樓上獨飲，遇到了他多年未見的老友、紹興中學的同事——呂緯甫。現在的教書匠呂緯甫，已和當年熱心提倡革新的青年判若兩人。他早已遠離家鄉，兩年多前還接他母親同去太原，這次

返鄉，為她辦點事。三歲夭折的小兄弟，他墳邊已經浸了水，母親很為不安，所以叫呂緯甫把他小兄弟的屍體遷葬。雖然屍體早已找不到了，為了安慰母親，他還是「用棉花裹了些他先前身體所在的地方的泥土，包起來，裝在新棺材裏，運到我父親埋看的墳地上，在他墳旁埋掉了。」⑬呂緯甫又說，照他母親的意思，他這次回來也要帶兩朵紅的剪絨花送給一個船戶的女兒。他自己還記得她，不過這個女孩子現在已經死了，他只好把花送給地的妹妹，回到太原以後，就對母親說禮已經送了。能使人歡心，說謊又何妨？

呂緯甫向魯迅傾訴時，似乎很自慚，他知道如果自己對新文化仍有信心的話，就不會這麼注重孝道。毫無疑問地，魯迅的意圖也顯然是把他的朋友描寫成一個失去意志的沒落者，與舊社會妥協。然而，在實際的故事裏，呂緯甫雖然很落魄，他的仁孝也代表了傳統人生的一些優點。魯迅雖然在理智上反對傳統，在心理上對於這種古老生活仍然很眷戀。

對魯迅來說，「在酒樓上」是他自己徬徨無著的衷心自白，他和阿諾德一樣：「徬徨於兩個世界，一個已死，另一個卻無力出生。」魯迅引了屈原的「離騷」作為「彷徨」的題辭，完全證實了這種心態。

「肥皂」與上述兩篇小說不同，是一篇很精彩的諷刺小說，完全揚棄了傷感和疑慮。這也是魯迅唯一成功的以北京——而不是紹興——為背景的小說。故事的主人翁是一個滿口仁義道德的現代道學家，這類人物也是近代小說家時常諷刺的對象，但在魯迅的筆下，他變成了一個世界性的偽君子。

有一天晚上，四銘回到家裏，煞有介事地給他太太一塊香皂。這種奢侈品使她很不安。他無動於衷地接受了她的謝意，但顯然對當天發生的其他事情感到煩惱。起先，他在店裏比較各種牌子的肥皂的時候，幾個學生用英文罵他，他聽不懂。店裏的夥計對他的拖泥帶水木來已不耐煩，學生叫他

「Old fool」也在附和這種感覺。四銘現在叫他念高中的兒子把這句罵人的話繙譯出來。他只能給他幾個近似的音（如「惡毒婦」），兒子當然譯不出來。於是四銘索性大罵現代教育，說它造就的只是些無知無禮的人，還是傳統的儒家教育好。甚至就在當天，當他在店裏受到輕視之前，他就親眼看到一個傳統孝道的表現：一個求乞的孝女在侍候她瞎了眼的老祖母。時代不同了，四銘對他的家人說，路邊的行人非但不對這對窮人行善、致敬，反而去打趣，或視若無睹。有一個壞蛋甚至於肆無忌彈地對他的同伴說：「阿發，你不要看得這貨色髒。你只要去買兩塊肥皂來，咯支咯支遍身洗一洗，好得很哩！」⑭

四銘的太太得了這香皂，感激之餘，又覺得羞愧，因為這塊香一使她想起脖子上的積垢。聽了她丈夫的長篇大論以後，她感到他誇獎這個孝女和他買肥皂大有關係。在吃飯的時候，四銘還在罵他的兒子，四太太卻發作了：

「他那里懂得你心裏的事呢。」她可是更氣忿了。「他如果能懂事，早就點了燈籠火把，尋了那孝女來了。好在你已經給她買好了一塊肥皂在這里，只要再去買一塊……」

「胡說！那話是那光棍說的。」

「不見得。只要再去買一塊，給她咯支咯支的遍身洗一洗，供起來，天下也就太平了。」

「什麼話？那有什麼相干？我因為記起了你沒有肥皂……。」

「怎麼不相干？你是特誠買給孝女的，你咯支咯支的去洗去。我不配，我不要，我也不要沾孝女的光。」

「這真是什麼話？你們女人……」四銘支吾著，臉上也像學程練了八卦拳之後似的流出油汗

來，但大約大半也因為吃了太熱的飯。

「我們女人怎麼樣？我們女人，比你們男人好得多。你們男人不是罵十八九歲的女學生，就是稱贊十八九歲的女討飯：都不是甚麼好心思。『咯支咯支』，簡直是不要臉！」⑮

第二天早上，四太太一早起身，用香皂把她的臉和脖子洗得乾乾淨淨，「肥皂的泡沫就如大螃蟹嘴上的水泡一般，在兩個耳朵後」⑯她特別看重盥洗，因為她知道，丈夫買了肥皂，就表示他把對小女乞丐的淫念都轉到她身上來了。飯桌子上的一頓吵架已經幾乎忘光了。

就寫作技巧來看，「肥皂」是魯迅最成功的作品，因為它比其他作品更能充分地表現魯迅敏銳的諷刺感。這種諷刺感，可見於四銘的言談舉止。而且，故事的諷刺性背後，有一個精妙的象徵，女乞丐的骯髒破爛衣裳，和四銘想像中她

洗乾淨了的赤裸身體，一方面代表四銘表面上讚揚的破舊的道學正統，另一方面則代表四銘受不住而做的貪淫的白日夢。而四銘自己的淫念和他的自命道學，也暴露出他的真面目。幾乎在每一種社會和文化中，都有像他這種看起來規規矩矩的中年人。

《彷徨》集中的最後一篇小說——「離婚」——是一個中國農村的悲劇，表現方式客觀而有戲劇性。愛姑在她父親那裏已經住了三年，她拚命想回到她丈夫家裏，雖然她丈夫虐待她，而且當她一氣離開的時候，他正和另一個女人通姦。但是愛姑認為被拒於夫家門外比一生做怨婦更丟臉，所以，她和她父親就到鄉紳大人面前說理，大起訴訟。然而七大人（魯迅開玩笑地把他寫成一個古物鑑賞家，得意地嗅一根據說是漢代傳下來的屁塞）最後迫她接受夫家定下的離婚條件。愛姑的悲劇，在於一種毫無道理的差誤：她本來不喜歡她的丈夫，但是她拚命要保持她的婚姻地位；她寧願不快

樂，而不顧不名譽。魯迅把這一場爭吵很戲劇性地表現出來，但並不站在任何一邊說話，因此更能顯露出封建制度道德腐敗的一面。

我們剛剛討論過的這九篇小說——從「狂人日記」到「離婚」——是新文學初期的最佳作品，也使魯迅的聲望高於同期的小說家。雖然這些故事主要描寫一個過渡時代的農村或小鎮的生活，它們卻有足夠的感人力量和色彩去吸引後世讀者的興趣。然而，皂口使在這個愉快的創作期間（一九一八～二六），魯迅仍然不能完全把握他的風格（從「一件小事」「頭髮的故事」「幸福的家庭」「孤獨者」和「傷逝」等小說中看來，他還是逃不了傷感的說教）；他不能從自己故鄉以外的經驗來滋育他的創作，這也是他的一個真正的缺點。當然，魯迅可以繼續從回憶的源泉中伐材料，寫類似《吶喊》、《彷徨》二書所集的小說，但是，一九二六年離開北京以後，在廈門和廣州兩地生話的無定和不愉快，以

及後來他與共產黨作家的論爭，都使他不能專心寫小說。一九二九年他皈依共產主義以後，變成文壇領袖，得到廣大讀者的擁戴。他很難再保持他寫最佳小說所必須的那種誠實態度而不暴露自己新政治立場的淺薄。為了政治意識的一貫，魯迅只好讓自己的感情枯竭。

當他在寫後來收入《彷徨》那幾篇小說的時候，他也在其他方面而發揮他的才華：譬如上面提到的那本陰沉的散文詩集《野草》，和《朝華夕拾》——一本關於兒時回憶的美妙的集子。一九二六年以後，魯迅所寫的所有小說，都收在一本叫做《故事新編》（一九三五）的集子中。在這本書裏，魯迅諷刺時政，也狠毒的刻繪中國古代的聖賢和神話中的人物：孔子、老子和莊子都變成了小丑，招搖過市，嘴裏說的有現代白話，也有古書原文直錄。山於魯迅怕探索自己的心靈，怕流露出自己對中國的悲觀和陰沉的看伕，同他公開表明的共產信仰是相左的，他只能壓制自己深藏的感情，來做

政治諷刺的工作。《故事新編》的淺薄與零亂，顯示出一個傑出的（雖然路子狹小的）小說家可悲的沒落。

我們必須記得，作家魯迅的主要願望，是作一個精神上的醫生來為國服務。在他的最佳小說中，他只探病而不診治，這是由於他對小說藝術的極高崇敬，使他只把赤裸裸的現實表達出來而不羼雜己見。在一九一八至二六年間，他也把自己說教的衝動施展在諷刺雜文上，用幽默而不留情面的筆怯，來攻擊中國的各種弊病。他根據達爾文的進化論和尼采的能力說，認為中華民族如不奮起競爭，將終必滅亡。所以，在刺破一般國人的種族優越感和因文化孤立而養成的自大心理這兩方面，他的散文最能一針見血。例如早在一九一八年，他就嘲訐民族自大感：

> 不幸中國偏只多這一種自大：古人所作所說的事，沒一件不好，遵行還怕不及，怎敢說到改革？

這種愛國的自大家的意見，雖各派略有不同，根柢總是一致，計算起來，可分作下列五種：——

甲云：「中國地大物博，開化最早；道德天下第一。」這是完全自負。

乙云：「外國物質文明雖高，中國精神文明更好。」

丙云：「外國的東西，中國都已有過；某種科學，即某子所說的云云。」這兩種都是「古今中外」派的文流；依據張之洞的格言，是「中學為體西學為用」的人物。

丁云：「外國也有叫化子，——（或云）也有草舍，——娼妓，——臭蟲。」這是消極的反抗。

戊云：「中國便是野蠻的好，」又云：「你說中國思想昏亂，那正是我民族所造成的事業的結晶。從祖先昏亂起，直要昏亂到子孫；從過去昏亂

起，直要昏亂到未來。……（我們是四萬萬人，）你能把我們滅絕麼？」這比「丁」更進一層，不去拖人下水，反以自己的醜惡驕人；至於口氣的強硬，卻很有水滸傳中牛二的態度。⑰

魯迅又從遺傳和進化的立場去分析戌的觀點。現在讀來，這段文章使人感興趣的不是內中所引的意見，而是魯迅在技述中國醜惡的真相時所運用的諷刺而生動的筆調。

魯迅早期的散文，收集在《墳》和《熱風》二集（一九二五）中。這兩集內容比較廣乏，所以也比較重要。他攻擊落伍、無知、和政治腐敗，大力主張精神重建。我們發現周作人早期的散文也強調這一點。周氏兄弟被公認為當代最偉大的散文家，他們一度也互相標榜，同時為他們合辦的雜誌「語絲」寫稿。他們尖刻而生動的散文，討論到中國社會的每一面。然而，即使在二十年代的下半期，周作人

已逐漸傾向於個人的小品文，而魯迅則喜寫論爭性的文章。譬如魯迅在一九二五～二七年間所寫的短文中，就攻擊章士釗等軍閥政府大員；陳源等英美留學生集團；以及像高長虹等本來是他的弟子或門徒，但後來竟敢離師叛祖的作家。這些雜文往往有生動不俗的意象或例證，時而有絕妙的語句，也有冷酷狠毒的幽默。但整個來說，這些文章使人有小題大作的感覺。魯迅的狂傲使他根本無法承認錯誤。文中比較重要的對社會和文化的評論，又和他的詭辯分不開。他可以不顧邏輯和事實，而無情地打擊他的敵人，證明自己永遠是對的。

魯迅和許多其他知識分子一樣，於一九二六年離開北京，辭了他政府和教書的職位，到福建南部的廈門大學任中國文學教授。他在那裏很不愉快，遂於一九二七年一月離開廈門到廣州，任中山大學文學系主任兼文學院院長。早些時候，共產黨的文學團體——創造社——有幾個社員在該校任

教，把學校變成一個革命的溫床。魯迅仍然是個人主義者，他對於學生放任的革命熱情感到厭惡，所以在多次演講中發表言論，反對當時在學生群中流行的革命文學，他認為文學不應該隸屬於愛國宣傳，熱衷於革命的學生應該擔負更艱巨的任務，而不應只吹噓革命文學。同年四月，國民黨在上海發動了堅決的清共運動，魯迅看到廣州共黨學生被屠殺，於是有一段時間，他又埋首於學術研究。一九二七年十月，他離開廣州到上海。此後，除了一次短期旅行到北平外，他一直留在上海，直到他逝世。

一九二七和一九二八這兩年，對魯迅思想和感情演變極其重要。由於他在廣州目睹了革命和反革命運動，他的心情更受制於《彷徨》和《野草》似的頹唐和悲觀。作為一個獨立的愛國作家，他早就蔑視英美集團的作家，認為他們為資本主義文化說話。現在他也開始疑心革命作家，他們所製造的不成熟的普羅文學，使得文學水準日漸低落。魯迅既不左

又不右，變得完全孤立。

一九二八年，兩個共黨文學團體——創造社和太陽社——對魯迅發動總攻擊，報復他對於革命文學的嘲弄態度。太陽社的首席批評家錢杏邨在「死去了的阿Q時代」一篇激烈的文章裏，宣佈魯迅已與時代脫節。他的論點如下：魯迅作品中大部分的人物——如阿Q和孔乙己——都取自清朝滅亡的時代，他們懶散、無聊、滿腦子封建，與現在已覺醒的農民和工人完全不同。原作者非但不瞭解自己的作品已經落伍，而且自陷於五四運動時的小布爾喬亞的個人主義中，不願趕上新時代。魯迅的反動性格，充分地表現在他對於革命文學倡導者的嘲諷。錢杏邨最後警告說，他的年事已長，如果再不參加革命行列，一定會立即被人忘掉。

對於這類的攻擊，魯迅報之以他慣有的譏刺和自信。可是在內心裏他卻感到困擾，沒有把握。他一向自認為青年導師，但現在學生卻背離他的領導，走向一條新路。這條路在

他看來非常愚蠢，然而卻似乎可見成劫，是不是他的個人主義哲學已經趕不上時代的需要？甚至在痛擊他的謗譭者的時候，魯迅已開始閱讀有關馬克思主義和蘇聯文藝的日文書籍。無論從那方面看來，這些書籍對他的性格和思想的影響極為微小。他在一九二九年向共產陣營投降後所寫的散文，除了一些表面上的馬克思辯證法的點綴外，與他早期作品中的論點和偏見差異甚少。然而，似乎為了使自己相信蘇聯文學的重要性，他花了不少時間翻譯盧納卡爾斯基(Lunacharsky）的「藝術論」和法捷耶夫（Fadeyev）的小說「毀滅」。幾年以後，在他的雜文集《三閒集》（一九三二）的序言中，魯迅自我安慰地認為自己是中國認真翻譯蘇聯文藝理論和批評的第一人，而他的對手們雖然發起了革命文學，卻沒有學術上的準備。

關於魯迅在二十年代後期與共黨作家的鬥爭，我們仍會在另一章中提及，本章所要論述的是：在他投共以後，雜文

的寫作更成了他專心一意的工作，以此來代替他創作力的衰竭。魯迅一定感覺到自己已經無法再寫早期式的小說，而且在好幾個場合中，他曾對一個年輕的朋友——即後來成大名的中共文藝批評家馮雪峯——坦白地說，他很願意再回老家紹興去看看⑱。雖然他有許多遠大的計劃，包括寫一部諷刺中國知識分子的長篇小說，但是他一直沒有勇氣下筆。他反而參與了一連串的個人或非個人的論爭，以此來掩飾他創作力的消失⑲。他成了共黨作家的名義領袖（雖然他很謹慎，並沒有加入共產黨），攻擊國民政府和國民黨作家；也攻擊反蘇聯、反左翼文藝的評論家，從左翼陣營反正者，英美集團的作家，以及所有中國傳統藝術和文化的愛好者。

在魯迅一生的最後兩三年，肺病已深。臥病在床的日子不算，他每天都花了不少時間看報章雜誌，從裏面找尋文藝界和政界愚昧的事。從讀報當中他就可以找到寫一篇短文所需要的材料（有一段時期他幾乎每天為「申報」副刊「自由

談」寫稿）。為彌補他因創作力枯竭而感到良心上的不安，他也勤於翻譯（他共計譯了二十餘本日本、俄國、及其他歐洲作家的作品，除了他晚年完工的果戈爾名著《死靈魂》外，其他的都是二、三流作品）。他的日常消遣是到他最喜歡的內山書店去看書，或是收集和印行木刻畫集。當我們重溫魯迅在上海的日常生活時，我們不禁會感到，他扮演不少角色——新聞評論者、辛勤的翻譯家、或是業餘的藝術鑑賞家——原想填滿他精神生活上的空虛⑳。

作為諷刺民國成立二十年來的壞風惡習來看，魯迅的雜文非常有娛樂性，但是因為他基木的觀點不多——即使是發揮得淋漓盡緻——所以他十五本雜文給人的總印象是搬弄是非、囉囉嗦嗦。我們對魯迅更基本的一個批評是：作為一個世事的諷刺評論家，魯迅自己並不能避免他那個時代的感情偏見。且不說他晚年的雜文（在這些文章裏，他對蘇聯阿諛的態度，破壞了他愛國的忠誠），在他一生的寫作經歷中，

對青年和窮人——特別是青年一直採取一種寬懷的態度。這種態度，事實上就是一種不易給人點破的溫情主義的表現。他較差的作品都受到這種精神的浸染，譬如在小說「孤獨者」裏，主人翁就沈溺在這種有代表性的夢想：

「孩子總是好的。他們全是天真……。」他似乎也覺得我有些不耐煩了，有一大特地乘機對我說。

「那也不盡然。」我只是隨便回答他。

「不。大人的壞脾氣，在孩子們是沒有的。後來的壞，如你平日所攻擊的壞，那是環境教壞的。原來卻並不壞，天真……。我以為中國的可以希望，只在這一點。」

「不。如果孩子中沒有壞根苗，大起來怎麼會有壞花果？譬如一粒種子，正因為內中本含有枝葉

花果的胚。長大時才能夠發出這些東西來。何嘗是無端……。」㉑

小說中第一人稱敘述者的這個比喻，代表一種真理。作為達爾文主義者和諷刺家的魯迅，對它是接受的，但是在他的作品中卻故意壓抑這種真理。他的一般態度，總結在「狂人日記」中的一句話：「救救孩子。」他在一九二八年所寫的一封公開信，充分表露出他感覺到自己這種思、想的不一貫：

至於希望中國有改革，有變動之心，那的確是有一點的。雖然有人指定我為沒有出路——哈哈，出路，中狀元麼——的作者，「毒筆」的文人，但我自信並未抹煞一切。我總以為下等人勝於上等人，青年勝於老頭了一所以從前並未將我的筆尖的

血，灑到他們身上去。我也知道一有利害關係的時候，他們往往也就和上等人、老頭子差不多了，然而這是在這樣的社會組織之下，勢所必至的事。對於他們，攻擊的人又正多，我何必再來助人下石呢？所以我所揭發的黑暗是只有一方面的，本意實在並不在欺蒙閱讀的青年。㉒

這是一段很動人的自白：魯迅違背自己的良知，故意希望下等階級和年輕的一代會更好，更不自私。他對青年的維護使他成為青年的偶像。就長遠的眼光看來，雖然魯迅是一個會真正震怒的人，而且在憤怒時他會非常自以為是（對於日後在暴政下度日的中共作家來說，這種反抗精神是魯迅留給他們的最寶貴的遺產），他自己造成的溫情主義使他不夠資格躋身於世界名諷刺家——從賀瑞斯（Horace）、班•強生（Ben Jonson）到赫胥黎（Aldous Huxiey）——之列。這

些名家對於老幼貧富一視同仁，對所有的罪惡均予攻擊。魯迅特別注意顯而易見的傳統惡習，但卻縱容、甚而後來主動地鼓勵粗暴和非理性勢力的猖獗。這些勢力，日後已經證明比停滯和頹廢本身更能破壞文明。大體上說來，魯迅為其時代所擺佈，而不能算是他那個時代的導師和諷刺家。

註：

① 比較有參考價值的傳記和回憶錄，可參看鄭學稼、周作人、馮雪舉、許廣平、曹聚仁、王士菁等人著作。鄭學稼的《魯迅正傳》與他書不同的地方是他的反共立場，對魯迅有苛酷的批評。

② 《毛澤東選集》第二卷（一九五二），六六八——六六九頁。

③ 胡適在一九二三年所寫的「五十年來中國之文學」中，特別舉出魯迅和周作人的作品，認為是新文學的佳作。陳源雖然與魯迅有個人積怨，但仍將《吶喊》列入「新文化運動以來的十五部著作」中。此文收集於《西瀅閒話》。

相反的，成仿吾在「創造季刊」第二卷第二號中對「吶喊」的

攻擊（後來收入李何林編的「魯迅論」），可以代表這個後來傾共的作家團體的看法。郭沫若對魯迅的惡感，更是特別聞名，他自稱不能卒讀《吶喊》這部小書。直到魯迅死後，他才被迫採取讚揚的態度。

④《吶喊》自序，《魯迅全集》第一集，二七一頁。
⑤同右，二八一頁。
⑥同右，二九一頁。
⑦同右，二七七頁。
⑧魯迅，「導言」，「小說二集」，見《中國新文學大系》第四集，第二頁。
⑨《魯迅全集》，第一集，三〇九頁。
⑩同右，二五七頁。
⑪小說二集」，二頁。
⑫《魯迅全集》，第二集，一五九頁。
⑬同右，一七〇頁。
⑭同右，一九六頁。
⑮同右，一九九～二〇〇頁。
⑯同右，二〇四頁。
⑰同右，二一一～三一二頁。

⑱馮雪峰，「回憶魯迅」八六——八八頁。

⑲我們可以舉一個小風波的例子，這一次魯迅顯然打敗了。一九三三年，名作家兼編輯施蟄存在上海「大晚報」的副刊「火炬」上，推薦「莊子」和「文選」為最適合青年作家的讀物，魯迅不贊成念巾國古典文學，立即向施攻擊，說他「迷戀髑髏」。因為「莊子」和「文選」本為中國文學中最受尊崇的讀物，施蟄存可以毫無困難地為自己的選擇辯護，並且毫不留情地譏諷他的對手。但魯迅一定要做最後的發言人，即使公開不行，私下也可以。在他一九三三年十一月五日寫給姚克的信件中表露，魯迅無意之中犯了無可饒恕的勢利罪，他暗示施蟄存非書香門第，所以才會突然力捧「莊子」和「文選」：「此君蓋出自商家，偶見古書，遂視為奇寶，正如暴發戶之偏喜攏士人架子一樣，試看他的文章，何嘗有一些向淡子』與『文選』氣。」參見《魯迅書簡》，四一一頁。

⑳《魯迅書簡》使作者在上海的日常生活一覽無遺，完全磴實我的描寫無誤。當時他向許多與他通信的人表示對自己一天到晚忙碌的生活不滿，因為他完全沒有空閒做不斷地創作和研究。他對於自己為左翼作家聯盟奴役，也深惡痛絕。表露最徹底的是他在一九三五年九月十二日寫給好友胡風的一封信：「就是

近幾年，我覺得還是在外圍的人們裏，出幾個新作家，有一些新鮮的成績，一到裏面去，即將在無聊的糾紛中，無聲無息。以我自己而論，總覺得縛了一條鐵索，有一個工頭在背後用鞭子打我，無論論我怎樣起勁的做，也是打，而我回頭去問自己的錯處時，他卻拱手客氣的說，我做得好極了，他和我感情好極了，今大天氣哈哈哈……。真常常令我手足無措，我不敢對別人說關於我們的話，對於外圍人，我避而不淡，不得已時，就撒謊。你看這是怎樣的苦境？」（九四七頁）

㉑這些書信和同時出版的雜文大異其趣，時常表露一種親切的真誠、一種寂寞的情緒、和一種需要朋友和人情溫暖的願望。魯迅雖然嫉恨那些「無聊的糾紛」和「撒謊」，自知創作力已漸衰退，並未主動地設法改變他的生活方式。

㉑《魯迅全集》，第二集，二五二頁。

㉒同右，第四集，○七頁。

國家圖書館出版品預行編目資料

〔插圖本〕阿Q正傳：魯迅／著　豐子愷／圖，
初版，新北市，新視野 New Vision，2023.06
面；　公分 --
ISBN 978-626-97314-4-2（平裝）

857.63　　112005552

〔插圖本〕阿Q正傳

魯迅　著
豐子愷　圖

方志野　主編

出　　版　新視野 New Vision
製　　作　新潮社文化事業有限公司
製 作 人　林郁
電話 02-8666-5711
傳真 02-8666-5833
E-mail：service@xcsbook.com.tw

總 經 銷　聯合發行股份有限公司
新北市新店區寶橋路 235 巷 6 弄 6 號 2F
電話 02-2917-8022
傳真 02-2915-6275

印前作業　東豪印刷事業有限公司
印刷作業　福霖印刷有限公司

初　　版　2023 年 7 月